ENIGMA MAGAZI

很高兴在这个时候来和大家分享我的心情，《最推理》上市以来，得到不少读者的关注和支持，让我们感受到了最贴心的关怀，尤其是一些建议和意见，让我们更加明确方向，坚定信心地走下去！

本期的作者阵容又有新的变化，让我们来抢先了解一下！

鹤饲山是首次加盟《最推理》，但其实之前他已经跟我们有合作过。风格的多样性和文笔的老辣，使他无疑成为最抢手的作者。《埋伏简单杀》故事紧凑，线索清晰，人物形象鲜明……使这篇只有四千多字的作品悬念迭出，令人叫绝。

喜欢悬疑小说的读者可能都知道七根胡，她是个写悬疑的高手，但这一次因为我的邀请，特地为我们量身打造了这篇纯推理小说。记得当初约稿时，她很忙，便委婉地对我说："到时候万一交不了稿，可不要怪胡子。"

因为笔名，她的TM头像又是蓝色的，我一开始还以为是个男生。后来无意中从朋友处得知，胡子竟是女的！我诧异，跑去问她，怎么冒充男生啊？她发来一个害羞的表情，说："我没有冒充啊，我很低调的……"我不禁被她这句话逗得笑出声来，太可爱了！

刘茹冰姑娘是从《芳草》杂志青春版就一直支持我的作者，行走在都市的小女子，却对古时候的刀光剑影、快意江湖情有独钟。她的文字很轻松，有一点俏皮，感情拿捏得丝丝入扣，这一篇《红袖飞天》也将给我们带来一个完全不同的悬疑世界。

王稼骏的《屠炭人生》将在本期落下帷幕，不过喜欢他的读者不要担心，下一期，王稼骏仍会带着他的精彩之作来到我们的《最推理》。

嗯，最后呢，要告诉大家一个小秘密，《最推理》第四期我们将邀请一位推理小说家，做一次独家专访，揭开其神秘的面纱。哈，如果大家想知道这是个什么人物，他又将给大家带来什么，就请期待下期杂志吧！（我闪～～）

PS：差点忘了，下期会公布幸运读者名单，走过，路过，千万不要错过啊！（我再闪～～）

围着太阳跑

2007年7月

目录 CONTENTS

第三辑

追捕钻戒

ZHUIPUZHANJIE

文/普　璞
图/不死鸟

在银行排队的人形成了长龙，让等待的人心浮气躁。

今天是礼拜天，刚下过雨，是近来难得的一个阴天。

芸儿很爱美，阴天对她而言是出门逛街的绝好天气。但我明白，她并非是害怕阳光，她只是喜欢阴天的那种晦暗。每个人的心中都有不可见人的角落，她在寻求共鸣。所以我知道她确实深爱着我。

我是一名大学物理老师，站在我身旁的芸儿是一家公司的普通文员。我们马上要领取结婚证了，今天是在银行办房贷的日子，我们排在了长龙的末尾。从今以后就沦为房奴了，一想到等会儿要借那么多钱，就有点让人压抑。而芸儿还因为别的事情在生我的气。

不贷款行么？我正在心里盘算着，这时芸儿开口了：

“我还是不知道为什么你要提醒王痕，现在给他跑掉了，我们随时都可能被他杀掉。”她噘着嘴说。

她终于说出来了，而且声音还挺大。

这种话适合在这里讲么？

排在我身前的是一个中年女人，有一张操劳过度的蜡黄色脸庞，听到后警觉地回瞅了我一眼，我对她和蔼地笑了笑。

说到王痕，他是我之前的邻

居。因为一点过节被我设下圈套，在自己本性的驱使下沦为了一名逃犯。是我在警察赶到之前救了他。我觉得至少应该给他一个逃跑的机会。不过芸儿说的没错，他不会感谢我，只会想杀掉我。把我和芸儿都杀掉。

虽然对此我并不感到害怕。那种时刻可能被杀掉的感觉反而是我所乐见的。

低下了头，我把手指放在芸儿的手心，对它轻轻地摩挲以表示我对她的歉意。芸儿马上闭上了嘴，白嫩的双颊开始微微发红。女人就是这样的动物，前一秒还在为生死担心，这一秒就沉入爱河。

“我要给你一个惊喜。”我贴近她的耳朵，神秘地说。

“我只要你。”这次她也压低了声音，除了我之外没人能够听到。

幸福感就像是融入咖啡的牛奶，在这一刻甜甜地扩散。

就算明天会被杀掉，今夜也不能错过。

“喂！你们让一下！”

这时，刺耳的咆哮声在耳边响起，我转头一看，原来是两名实枪荷弹的运钞员就站在我身后，我朝旁边挪了挪身子，要不是他们手里的家伙，我不会变成一个善解人意的好市民。

其中比较瘦的那一个拎着箱子去按密码，另一个高个子胖子端着枪站在芸儿侧面，我别过头，看到芸儿脸上已露出不悦之色，但再彪悍的市民也不应该和持械人员对着干，不是么？

按捺住心中的火气，我对芸儿说了声“出去透透气”，就朝外边走去。

雨后的空气格外清新，但我心里却有点压抑，把手伸进口袋，里面有一个塑料纸裹住的小盒子，再里面是一颗钻戒。

人们总喜欢把自己和另一个本不相干的人锁在一起，这就是人生的规律。

但不知道为什么，此刻湿漉漉的道路却加重了我的阴郁，我了解自己是个怎样的人，每个人都在街上匆忙地赶路，但我的一生却不想如此平凡度过。虽然我名叫度祥。

这时，那辆停在路边的运钞车引入了眼帘，左右查看了一下，一个可怕的念头开始在我心中成形。

我希望此刻能有人阻止我，可惜没有。

轻叹一口气，我回到银行，芸儿仍旧俏丽地站在那里，我悄悄地凝视着她，内心很肯定这个即将跟我白头偕老的人还并不全然了解我。今天，在把钻戒给她之前，我想告诉她一个真实的自己。

那一胖一瘦两个运钞员已经取好了钱，关上门准备往回走，其中一个银行职员还向他们微笑了一下。

就是现在了。

我掏出烟含在嘴里，假装低头点火，然后在他们靠近我的时候我一个半转身。

“啊!!”

这声惊叫让银行里所有的人都扭过了头，其中表情最吃惊的当属芸儿，因为叫声是从我嘴里发出的。

“你刚才为什么用枪口顶我!!”我对着其中的瘦子嚷了起来。

“我……”

瘦子表情有点呆滞，他刚想开口说话，我又嚷了起来：“你他妈的长眼睛了么?!”

这时胖子的脸色开始发青了，他先对瘦子打了一个手势，然后双手握枪，狠狠地瞪着我：

“刚才没看见，现在请你让开好么?”

芸儿这时候冲过来抓住了我的手，想把我拉到一边，我狠狠地甩开，把音调继续拉高：

“你以为手里有枪就他妈的了不起啊！老子今天还真不买账了，你往这里打!”我指了指胸口。

“度祥……”芸儿一下子急了，想说什么，我在她话出口之前把香烟往瘦子身上一扔，“你他妈的道不道歉?”

这一举动让本来就剑拔弩张的气氛更加恶化，我用眼角余光瞥到有好几个人嘴都张大了，芸儿的眼神里流露出恐惧，想再跑上来，手臂被银行保安一把抓住。

“我说你，”瘦子仍不说话，胖子眼珠有点发红了，“是不是诚心挑衅啊？别逼我，退后!”

看到他把枪口对准了我，我不退反进。“就是不道歉，有本事你现在就毙了我!”

“你因妨碍公务请跟我们走一趟。”已经有人开始围观，胖子有些气短地看了一眼四周，“如果对我们工作不满意，可以到时向我们上级投诉，不过你现在要跟我们回去。”

“大家有话好好说，别激动嘛!”银行保安这时也走了过来，想把我往后拉，“天热火气大，大家都退一步，我看这事就这么算了。”

“去就去。”我挣脱保安的手，特地从头至尾没有看芸儿一眼，怒气冲冲地向门外走去。胖子和瘦子端着枪跟在我身后，我一下子沦为了犯人。

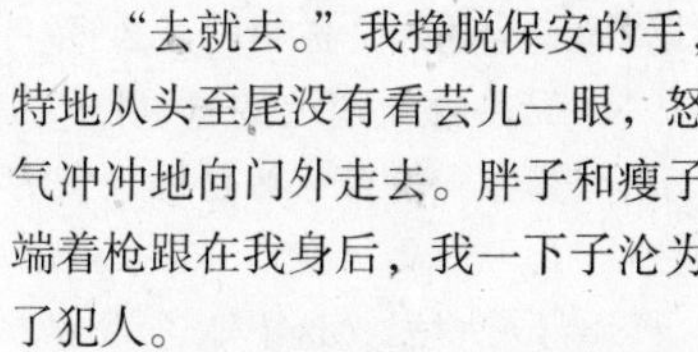

走到银行外面，胖子对瘦子打了个手势，然后对我说，“你跟我坐前面，我先声明，如果你有什么异动，我就当场击毙你。”

我没有异议，这是第一次坐上运钞车，可以看出里面的格局和普通的厢式货车略有不同，两边的车窗明显是防弹的。气氛有点凝重，但我的内心一直很冷静。我靠着最右边的门，胖子坐中间，最左边的

驾驶员用敌意的目光注视了我一下，但没有说话。

车子启动了。我从后视镜里看到有些好奇的市民跑到了银行的外面隔着玻璃盯着我，人群最前面的芸儿已经快要哭了。真有点于心不忍。咬了咬牙，我把手伸进口袋，摸到准备送给她的钻戒盒子。不知她会不会重新考虑跟我的婚事，但结果怎样我都不会后悔。

“好吧。”身边胖子的枪口一直虎视眈眈地注视我，当车驶上主干道上的时候，我把钻戒盒子掏了出来，“和你们讲，这是一个小型炸弹，里面有两个按钮，我的食指按着引爆键，你击毙我，大家就一起完蛋。”我盯着胖子的眼睛，一个字一个字地说道，“只有我主动按下中指的取消键，再松开食指，炸弹才不会爆炸，你明白了么?”

“兄弟哪条道上的?”胖子的表情只是微微一惊，像是见过大场面的。

“不好意思，这不能告诉你。”我露出了微笑，“不过当你们开始踩点的时候，我就盯上了你们了。”

“我只想分一半，能成为同道即是有缘了。”我轻轻抖了抖手中的东西，“更何况我们现在在一条船上。”

运钞车继续在主干道上一路前行，不过形势已经发生了变化。

我当然没有在他们踩点的时候就盯上，能坐在这里，一切始于怀疑。

首先是那脚印。

拜雨天道路所赐，我发现他俩的脚印都是无比清晰，我上下一打量，发觉不止鞋子，他俩一身的行头都是新的，包括手套，头盔，衣服，甚至连天天握的枪柄都是新的。于是我跑到外面，又注意到那运钞车也是新的，可以用一尘不染来形容。看那轮胎，就像是F1比赛刚进加油站换上去的。

出现这种局面，我觉得只有两种可能：

1. 他们今天恰巧全部更新了装备；

2. 他们是银行劫匪，这身行头是今天头一次拿出来。

第二种解释固然让人吃惊，但排除了所有的可能，剩下的就是真相。如果他们是劫匪，自己组装的运钞车可不会随便在路上开，它只会静静地躺在他们自己的修车厂里，用不起眼的车子来踩点，以避人耳目。这样一切都会符合逻辑。而他们的抢劫计划也挺干净利落：比真正的运钞车早大约20分钟到，大大方方把钱从银行取走跑路。

不过直到这时，这一切我还不能肯定。

我回到银行，低头抽烟，等他们靠近再突然转身一声大喝，那时

007

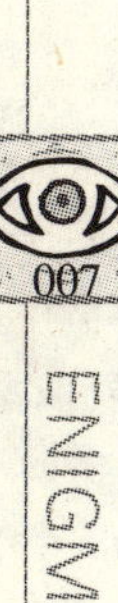
ENIGMA MAGAZINE

瘦子的枪根本离我还有很远。

如果是一般的运钞员，这时肯定会义正严词指出，并且会拿枪指着我，但瘦子明显犹豫了。这对于他们是计划外的变故。他并不想惹事，对于他们而言时间极为宝贵。而胖子的言辞则更加确定了我的想法，与其争论这个，他索性一下子承认下来。他也是聪明人，很可能在那时就看穿了我的想法，提议我去“向他们上级汇报”。我确定他们不会伤害我，他们害怕警察到场。

不过直到这时，这一切我还不能肯定。

我跟他们上了车，如果不拿出钻戒盒子冒充炸弹，罪名也顶多是妨碍公务罢了，我还是可以全身而退。到车内之后，我就发现这里内部凌乱，与外表的崭新完全不符。有些地方甚至连油漆都没有涂，完全不像是真正的运钞车。而那双驾驶员的鞋子，是双阿迪达斯篮球鞋！一定很喜欢打篮球吧？但我可以确定运钞员不应该穿这种鞋子，更别说还有一个 GRPS 导航仪就搁在方向盘旁。更加确定了我的推断：

——他们不是银行劫匪还是什么？

“兄弟，你知道我们这次准备了多久么？”胖子这时开口了，他把枪口朝下移了移，眼珠像被我手中的钻戒盒子吸住了似的。

他在观察炸弹的真伪。

不管他以为是什么，总不会想到这里面是我打算送给芸儿的钻戒吧。

我掏出手机，一边给芸儿发短信让她火速离开银行一边轻描淡写地回答：

“当然，真是辛苦你们了，请你尽快通知后面的人给我准备好 500 万，我 10 分钟后下车跑路，从此再不和你们见面。”

“操！”胖子吓了一跳，“把整辆车子给你也没有 500 万好吧？我们就是小本生意，一共才拿了 450 万！顶多给你 50 万让你滚！”

驾驶员是个五官端正的小帅哥，可能地位不够，想说什么话又咽了回去。

“你跟我说就 450 万？现在到银行交钱都要排 2 小时队，你说你们只拿到了 450 万？”我做出怒极反笑的表情，“我也一直在踩点好不好，在这种时段，就不信会少于 1000 万！”

“100 万你滚不滚？！”小帅哥终于忍不住附在胖子耳边说了句什么，胖子看了一眼前面，然后对我嚷道，“就算你他妈的踩狗屎运捡到了 100 万还不好？!你们准备了多久？我们准备了多久？!”

“只有 100 万我老大会亲手宰了我的，不过我可以先打个电话问问。”我假装拿出手机拨了个号码说了差不多 1 分钟，然后挂了电话，“200万，我下车。”

胖子听了后有点犹豫，这时我发觉前方出现了一个高架路口的指示牌，他们也许是在为这件事犹豫，如果不能马上决定，可能就会让我知道他们的逃跑方向。

小帅哥又咽了下口水，望向胖子，胖子的额头渗出汗珠，他伸手抹了抹汗。

“兄弟，你到底是哪条道上的？那真是炸弹么？有高科技以后自己去抢啊！”

“别废话！”我煞有介事地摇了一下“炸弹”，现在是拼心理素质的时候。

“算你狠！”胖子的声音开始变得沙哑，“小六，停车！”

那个叫小六的帅哥神情紧张地望向后视镜，然后打方向灯停在路边。

后车厢打开后，胖子和我钻了进去，瘦子还完全不知道发生了什么，等胖子命令他给我装200万的时候，他的面色一下子如丧考妣：

“这样……不太好吧……如果让老大知道的话……”

“闭嘴，给他！”胖子瞪了他一眼。

“200万？”瘦子又确认了一下，开始往一个黑色的包里倒钱，他的手有点发抖，看着这么多捆白花花的百元大钞在眼前翻腾，我也有点感到不真实。

“要是我们被捉住了，你也跑不了！”黑色的包被拉上了拉链，在交到我手上之前，胖子先用枪对准了我的脑袋，“你把皮夹交出来！”

“要我皮夹干什么？”我暗暗皱眉，果然这个胖子不简单。

“叫你交出来你就交出来！”他的声音虽然不响，但语气绝不容人讨价还价，“你要200万，我给你了！但你得把皮夹和身份证给我！如果我们跑不掉，就告诉警察你是同伙！”

“不给呢？”

“那你就引爆吧。”胖子目光冷酷地看着我。

他看穿了在200万到手的诱惑下，是没人会引爆炸弹的吧？

叹了口气，我从裤子口袋里掏出皮夹递给了胖子。胖子示意瘦子接过去，瘦子用最快的速度打开皮夹的所有拉链，当看到身份证银行卡等各种证件都在的时候，冲胖子点了点头。

“滚吧。”胖子迟疑了一下，然后对我嚷道，“滚远点，如果被抓住后敢说出我们，你应该明白你全家的下场！”

“小心你右手！”瘦子小心翼翼地补充了一句。

“你们应该能逃掉的。”我左手拿着袋子，右手拿着“炸弹”，样子已经有点狼狈，偏偏这时，手机还响了起来。

是芸儿吧，我决定先不接了，

可就在我手触到车门正要下车的当口，警笛声突然从远处响了起来。

很明显，他们正朝着这里开来。

“来不及了，快开车！开车!!”瘦子突然大吼了起来，我感到一股力道出现在我背后，硬是把我给拽了回去。

警车怎么来的这么快?

我一边纳闷，一边眼睁睁地看着那道已经微微开启的车门。刚才没有跨出的那一步，可能会让自己下辈子永远待在监狱里。

“兄弟，钱我们先保管着。”胖子这时残忍地对我一笑，表情比哭还难看，他硬是把包给拿了回去，丢在地上，“你们老大又打来了！快接电话！但愿他有办法解决掉条子!”

警笛声越来越近，我无奈地接起电话。

“度祥!!”果然是芸儿的声音，不过我没料到她会喊的这么大声。

“我前面在银行报警了!!”

不知是车子的突然启动还是芸儿的话，让我有了一种晕眩感。

然后她又继续用那种嘶声力竭的声音对我嚷道：

“快救我!! 现在我被一个出租车杀手劫持了！就在你后面！快救我啊!!”

先是奇怪的噪音，然后可以听得出手机掉落在了地上，芸儿的声音一下子变得遥远起来。伪装成运钞员的一胖一瘦两个人正在旁边看着我，这一瞬间我的面色一定和死囚一样难看。

警察来了，芸儿出事了，我在银行劫匪的车里自身难保。

不过警察一次只能去一边吧?分散至少会让他们的火力减弱。

钱在我身边，如果牺牲掉芸儿，我应该能逃走!

回过神后，这是出现在脑海里的第一个想法。

苦笑了一下，于是我开口了，声音像是从牙缝里硬挤出来的：

“要么让我现在下车。”手机那端嘶哑沉闷的声音让我有了一种窒息感，“要么听我老大布置的逃跑路线!”

“我们要从高架走!”瘦子这时嚷了起来。

“你以为还来得及吗？现在警察都出动了，高架的出口肯定会被封锁!”

“你们老大了解警察的动向?”胖子这时又端起了枪，对准了我的脑袋，我的瞳孔在这一瞬间放大，仍可以用余光看见他的鼻尖正渗出黄豆大小的汗珠。

“是的。”手机仍贴着耳朵，可以听出那头还没有挂，但除了车

子的噪音外，芸儿已经闭上了一向唠叨的嘴。我知道，她已经被制伏了。手机大概落到了座位下面。

如果走和芸儿相反的路线，再用她来吸引警察，不就 ok 了？

不要怪我，谁让你报的警！

也不是想牺牲你，你报警，就让警察去救你！

还是在运钞车内，我看着那个黑色的包，我不想背繁重的债务。教书很累，而且现在的学生都不听话。我将来可以用这些钱换来轻松富裕的生活，即使用它来亡命天涯，也会比王痕仓皇逃走要潇洒许多吧！

芸儿，你是杀死我前妻的人，所以不要怪我！

心念已决，我用拿着“炸弹”的右手指了指后车厢连接驾驶室的小窗户，还是瘦子先反应过来，用枪柄“啪”的把玻璃敲碎，驾驶室的小六听到后紧张地回了一下头，现在两边可以互相通话了，他先喊了一嗓子：

“条子怎么这么快！”

“前面路口右转。”我小声交代，胖子大声的复述了我的话。

“不是上高架么？”

“别废话，叫你右转就右转！”瘦子怒斥道。

芸儿这时会被出租车杀手劫持，我对原因稍微做出了猜测。

她的智商一向不错，可能也看出了端倪才会报警，警车应该是先去银行。但她仍不放心，自己叫了辆出租车想追踪我们，不料却碰到了出租车杀手。她是担心我才这样做的吧，我虽心存感激，但如果不快点想什么办法，不被劫匪击毙下半辈子也会在牢里度过。

“给我个手机。”

胖子犹豫了一下，把手机掏给了我。

我先把自己的手机装进口袋，然后接过他的，用大拇指飞快地按了“110”三个数字。

“这里是 110 报警中心……”

“我看到一个 20 左右的女孩在 XX 路被一辆出租车劫持，她正在车内大声呼叫，朝 XX 高架方向。”

芸儿说过她在我们后面，说明出租车是朝这个方向的。现在想必那个杀手也听到了报警声，他断然不会回头，只能继续朝这个方向继续逃亡。而我应该选择相反的方向。

“你打给警察了？！”我挂上电话，胖子接回手机后谨慎地看了一下拨出号码，质问道。

“嗯，这是我的备用计划，下个路口继续右转。”

“这不是开回去么？！”瘦子吃了一惊，这意味着刚才那么多路都白跑了。胖子也用怀疑的眼神瞅着我，迟迟没有向小六传达我的“叵”字型逃亡路线。

“你们现在内部出现了叛徒，

不听我的只有死路一条！”我虚张声势地嚷道，并把手机掏了出来放在耳边，它和芸儿那边的手机仍然保持连线。

你为我报警，我也为你报警，这可能是救你的最好方式了！

虽然这只是借口，但我也能接受。

就在这么想的时候，耳边突然出现了一声凄厉尖叫，是从手机听筒里发出的，可以听的很清楚是芸儿的声音，然后，随着一声枪响，一切归于沉寂！

那颗子弹就像是透过手机射进了我的太阳穴，我感到“嗡”的一下，脑海就变得一片空白。

——是我害死了芸儿！

面对这瞬间发生的残酷事实，当恢复神智的时候，右手要送给芸儿的钻戒已脱手掉落在地。我本能的蹲下身子想拾取，就见胖子从躲避的姿势化为张牙舞爪地靠近，在我做出反应之前，他的手枪已经抵住了我的额头。

——开枪吧！

我在心里默念着。

在这一刻，我真希望钻戒能变为一枚真正的炸弹，把所有人都引爆。

这里可以用移动的囚房来形容，在这个狭小的空间内，手脚完全施展不开，而两边的车把手怎么掰都没有用，玻璃也似乎是加厚的，怎么敲都敲不破。

为什么我会这么倒霉？

关于这一点芸儿怎么都想不明白，也许今天是自己命犯煞星的日子，先是度祥和运钞员恶语相向被押走，为防不测她报了警。其实她心里很害怕警察，也顾不得了。还是有点不放心，可说是有种不好的预感，就叫了一辆出租车跟在那辆运钞车后面。可是世界上的事情哪里会这么霉，她偏偏遇上了出租车杀手。

她看过新闻，说这个城市从上个月开始发生了出租车劫持年轻女乘客并残忍杀害的事件，她当时也没有太在意，只是当左前方的那个其貌不扬的年轻男子拿出手枪的时候，她才一下子明白了自己的处境。

“我劝你不要出声，你还有活下去的机会。”

当时她正在和度祥通话，于是马上尖声大叫向度祥求救，她生怕他会夺走她的手机，所以在告诉度祥自己的情况后，故意把手机摔落在地，这是一次赌博，如果手机还能顺利保持通话状态的话，她就能继续把自己的方位告诉度祥，度祥就应该会来救自己。她绝对信任度祥，无论在任何情况下，度祥都是最值得信任的人，从小到大都是如此。

“你再喊下去，我就打瞎你一只眼睛。”

这个男子似乎习惯了女人发出的歇斯底里的喊叫，做出一副很笃定的姿态，只是他换用一只手驾驶，用另一只手的大拇指轻轻地把手枪保险栓打开，通过后视镜轻松的瞄准了芸儿的左眼。

她马上乖乖地闭上了嘴。

决定先不惹恼他，她还有机会，幸运的天平有时也会偏向她。比如刚才，从警笛声可以推断警察已经离这里很近。即使度祥脱不开身，他们也可能会救自己。但现在必须要创造一个机会。

马上就要和度祥结婚了，这是她近乎一生的追求，怎么能在这种时候死呢？

度祥那边不知怎样了？

在这种时刻，芸儿发觉自己还在担心他。

而这位杀手一看就是狠角色，透过后视镜注视自己的目光如野狼一般冷静残忍，如果她有什么异动，他应该会毫不犹豫地射杀自己并驾车逃亡吧。

他将手伸出车外，轻松地就把车顶上的出租车标记取了下来。车内的计价器也被轻松拆下，已经看不出这是辆出租车了，前方就是高架，他会不会上高架呢？

高架通往郊外，一旦上去之后自己就将后果难料。

“你是要走XX高架么？”芸儿用沙哑的嗓音问道，但愿和度祥的手机还保持连接状态，这样他就可以告诉警察了。

“我话不说第二遍。”

出租车杀手的语气很平静，就像是在和人讨论天气问题，但是他的右手却像魔鬼的触角一样移了过来，把乌黑空洞的枪口对准了芸儿的脑袋。死亡的气息刹那间涌现。

——我应该做点什么啊！

可是因为恐惧的缘故，芸儿像吃了麻药一样全身动弹不得，像慢镜头回放一样看着那白皙的食指缓缓地扣动了扳机，除了嘴里发出的凄厉呼喊。

“砰！——”

枪响过后，芸儿虽然面如土色，但幸运地发觉自己还活在人世。子弹打在后座的靠背上，那冒烟的黑洞散发出看不见的热量。

“你再说一个字，下一次冒烟的就是你的脑袋。”

眼泪顺着眼角流下，芸儿无力地点了点头，看来这次自己真的是凶多吉少了。

“把眼睛蒙上。”

听从了对方的命令，接过扔到后座上的黑色眼罩，芸儿戴在头上，现在除了从鼻翼两侧的微光可以看见膝盖裸露在裙子外，整个世界都陷入了黑暗之中。

有时看不见也并非不好，至少能让芸儿暂时冷静下来，不知道

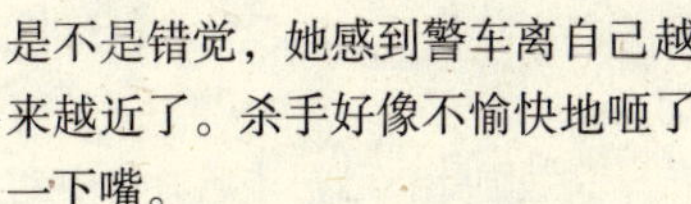

是不是错觉，她感到警车离自己越来越近了。杀手好像不愉快地咂了一下嘴。

“我男朋友的驾照在我的包里，你需要的话我可以给你。”她没有了时间的观念，那眼罩也屏蔽掉了一定的恐惧，在黑暗中她感觉自己还是有逃生的机会。不知道是什么增加了她的勇气，她继续说下去，“到地方之后你想做什么都随你，但我不想鱼死网破。”

也许基于她的合作态度，还是已经迫近的警车声让他这次没有开枪，但是也没有回话。过不了多久，车子似乎进入了比较偏僻的区域，速度似乎快了起来。

“把你的包给我。”他开口了。

芸儿配合地把包递给他。

“你拿下眼罩，靠右坐，挡住靠背上的弹孔，假装睡觉，警告你不要睁开眼睛。”芸儿一切照办，这对她可是一个好消息。果然，不一会儿车子停了下来，可能碰到了路障。

比起刚才他为什么不杀了自己，芸儿忍不住思索为啥他在光天化日的情况下也敢开枪射击，而且他还给她一个打电话的时间。他真的是无法无天么？还有度祥现在怎么样了？

“驾照拿出来。”一个尖锐的声音在车外响起，应该是交警。芸儿感到很欣慰，度祥毕竟帮自己报警了。有点想呼救的冲动，但知道这样只会换来可怕的后果。凭感觉这个杀手是出于某种心理问题想残害年轻女子，但并不怕警察也不怕死。直接的说，他是一个变态。甚至对他而言，自己的遭遇根本只是一个游戏。

不过既然是游戏，谁都有机会赢，芸儿性感的嘴角微微撇起，因为她知道，自己的机会终于来了。

“这是你的车子？”过了半晌，交警问。

“朋友的。”

“你叫王痕？”交警确认了一下驾驶证上的名字。

“是的。”

“这辆车子有问题，你先下车，我们要检查一下。”

“什么问题？”杀手的声音还是很冷静，但是芸儿知道自己的小小魔法已经奏效了。

“只是例行检查。”那边语气冷静的回答。

“好吧。”

听到杀手这么说，芸儿微微睁开了眼睛，第一个印入眼帘的画面是杀手用手术刀一样的东西割断了交警的咽喉，鲜血像红色喷剂一样溅在车窗上。然后他动作麻利地打开门，取下了他的对讲机，放进车内，并狠命地踩下油门。芸儿这才发觉，原来并不是什么路障，只有一辆孤零零的警用摩托车停在路边。这不是电影中的画面，她真实地感受到了残忍和血腥。空气像变

成了固体，让她的呼吸倍感艰难。然后，杀手转过了脸，她现在第一次看清了这张脸庞，这是一个夹杂着残忍与嘲笑的表情，与他的年轻完全不符，他不该走上这条路的。然后，来不及思考什么，在逃了有一段路之后，他用枪口对准了她。

“小姐，你已经没有利用价值了。”

随着一声凄厉的尖叫，芸儿的瞳孔记下了他扣下扳机的最后瞬间。

这个世界可能已经永远失去了某样事物，总在人们学会珍惜以前。不顾已经湿润的眼眶，我重新确认着那声枪响。而和芸儿的过往画面，像被人剪辑了成了电影胶片，以第三人称的视角在我的脑海不间断播放。

“退后，离炸弹远一点。”胖子虽然近在咫尺，但声音感觉变得遥远。我回过头，看见瘦子正站在车厢的角落，双目还惊恐地盯着落在地上的钻戒盒子。

——我为什么会在这里？

看着黑色的枪膛指着我的脑门，我第一次认真思考这个问题。

“现在怎么办？一直开么?!”

这好像是小六的声音，对了，我正在指导他们逃走，芸儿是朝高架方向，我是反方向，警察已经出动了……

我勉强让自己把注意力集中到这件事上，并企图挽回自己的颓势。

“你们中间有了叛徒，否则警察肯定不会现在就来！”我盯着胖子的眼睛，观察他最细微的神色变动。

果然他有了一丝动摇。

“回想一下从最开始的时候直到现在，知道你们计划的一共有几个人?”

“除了我们仨就老大了。”胖子的声音变得低了。

“老大不可能出卖我们，出卖了怎么拿钱?”瘦子嘀咕了一句。

又经过一个路口，我一边让小六继续往前开，一边在心里盘算着。

“是的，你们现在是功臣，但可知道你们的外貌已经被银行的摄像头拍了下来，你们以后就是通缉犯，是他的累赘，知道么?”我继续制造着怀疑的气氛，争取着主动权，“钱总是越多越好，如果没有你们分，他一定更开心，也更放心。他可能已经更改了计划，等会儿就会突然出现在你们面前让你们把钱给他，再自己逃之夭夭。”

“真的么?”胖子嗫嚅地问。瘦子用疑惑的眼神看向胖子，小六在前面紧张地驾驶，从现在开始，

抢到钱的欣喜在这辆车子上已经荡然无存了。

也包括我在内。

"我们一直对他很忠心啊！他为什么要这样待我们?"瘦子带着哭腔问。

"也许是想把我们灭口吧，不过，这一切都只是猜测，我打电话问问他。"胖子这时收起了手枪，掏出手机打给老大，可是没人接。他的脸色一下子沉了下来。

"干脆我们自己跑了行么?"小六这时提议道。

乘他们犹豫的时候，我一猫腰把"炸弹"捡了起来。胖子和瘦子脸上同时露出了惊恐的神色，我轻轻摆了摆手，潇洒地把"炸弹"装在了裤子口袋里说：

"现在我们已经真正在一条船上了，大家一起合力逃走才是上策，下一个路口是红灯，不要停，继续右转。"

就算芸儿死了，我也得想法子活下去。我一定要把那个杀手给解决掉！

我继续拿起手机，附在耳边，手机仍旧躺在他的车里，连接也仍然保持，我只要继续听下去，就可能获得和杀手有关的线索。

是的，我现在也变成了一个杀手。

只是还没强大到能和警察正面对抗的程度，而为芸儿报仇也可能没有意义。

在胖子向我走来想说什么的时候，我却忽然听到了对讲机的声音，还有警笛声，他们终于来了，声音忽远忽近，如草木皆兵的幻觉一般，今天已经数不清是第几次听到。这次是被包围的感觉。它们似乎正从四面八方一起开过来。

绝望感不可避免地袭来，是不是终于该放弃了。

失去了芸儿，我忽然对一切都已不在意。

钱财也好，监狱也罢，其实哪边都无所谓。

思绪纷飞，胖子附在我耳边说的话，我一个字也听不清。

我其实更适合去监狱，那里就是召唤我的归宿，虽然我不想人生在那里落幕。

我叫度祥，是一名老师，但一生都伴随着犯罪。

瘦子听到了警笛的迫近，神情紧张地注视我，我完全不予理会。

我总是自以为聪明，喜欢利用别人，保护自己。

小六也回过头来看了我一眼，好像想说什么。而散发着铜臭的钱箱就在他的头部下方。我这次错在太贪财了。

所以才会失去最心爱的人，口袋里是我永远也送不出的钻戒。

既然不想去监狱，那干脆一切都在这里结束吧。

乘着胖子低头和我说话的工夫，我一把夺过了他手里的手枪，

再一个手肘击打在他吃惊的脸孔上。他痛得抱住了头。而这时瘦子像见了鬼似的举起枪瞄准我。在这之前，我先一步让手枪对准了自己的太阳穴。

——芸儿，永别了。

就在我准备开枪的刹那，忽然发觉了一件被我疏忽的事情。

虽然已经被警察包围了，但警笛声并没有忽远忽近。

会产生这样的错觉是因为手机中也传出了同样的声音！

他就在附近！

“左转！快左转！”

在这一刻，我像一只发怒的野兽冲向车厢前部，把拿枪的手按在破碎玻璃的碎片上，不顾钻心的疼痛，发疯似的搜寻过往的车辆。

“不对！下个路口右转！右转！”我继续咆哮着，瘦子呆呆地瞄准我，不知该如何是好。

就在手机中那句话传来的时候，我朝小六和车外连续扣动了扳机。子弹带着我的愤怒心情呼啸而去。不过可能这一切都无所谓了。

真的无所谓了。

芸儿！……

这是失去意识前我最后的声音。

意外发生在枪响的瞬间，谁都没有料到会有这样一个庞然大物突然撞过来。

杀手犹豫了一下，还是扣动了扳机，可就在子弹击中芸儿之前，因为出租车遭受的撞击，她的身子已经弹向了前面。感觉子弹划过了肩膀的肌肤，火辣辣的，不过这已经不算什么了。她现在呈一个倒栽葱的姿势撞在了副驾驶座上，周围的玻璃全震碎了，肉色的裙子下面，她修长柔软的大腿被溅碎的玻璃扎得鲜血直淌。不过她已经足够幸运了，在她右脚高跟鞋跟踩踏下的杀手，已经一头撞出了前车窗，破碎的玻璃像残忍刑具一样扎在他整个脸上，实在不忍卒睹。

马上，车子就被警车给包围了。

好像是一种做梦的感觉，芸儿感觉全身软绵绵的，像躺在云里。然后，痛感神经如说好一样同时恢复，钻心的疼痛就像炼狱般在体内翻腾。估计左腿骨折了，动也不能动。

在警察的帮助下，变形的车门被打开，她被几只大手给缓缓地挪了出去。稍微问了几句后，就让她睡在地上，等待救护车的到来。

虽然疼痛不已，不知为什么大脑却还很清醒，她忽然发现，原来撞他们的是一辆运钞车。

有点怀疑自己的眼睛，但真的是一辆运钞车撞了他们。

是度祥。

这是大脑的第一个反应，无需

再多说，幸福感顷刻间传遍全身。现在如果要用一个流行用语来形容她，就是“痛并快乐着”。

杀手已经变成了尸体，放在了车子的另一头。

“你就是被出租车杀手劫持的人么?”这时一个中年警察又过来问她。

芸儿微微点头。

“他就是杀手?”

芸儿继续点头，只是眼眸一直望着另一边。

救护车还没有来，她不禁在心里有一点担心，度祥会不会出事。

第一个被抬下来的是那个胖胖的运钞员。他已经被撞的面目全非，他闭着眼睛，用一副僵死的模样微微喘着粗气。虽然芸儿有点讨厌他，但决定还是让他先上救护车吧。

然后瘦子是自己走下来的，虽然瘸着腿，但他一点也不像是车祸的幸存者，只是他的表情在看到杀手的面孔之后大惊失色：

“老大，你不是说要独自去引开警察么?这究竟是怎么回事?!”

芸儿完全不知道他在说什么。

然后是运钞车的驾驶员，因为有系安全带并且气囊打开的缘故，并没有受太多伤，他是被搀扶出来的。但他的表情非常痛苦，用左手捂着右边的胳膊，那里似乎是被什么给弄伤了，鲜血淋漓。

“叛徒。”在经过杀手身边的时候，他冷冷地吐出了这两个奇怪的字。

终于，度祥被抬了出来。

他的伤势不轻，但也看似不重。除了双手胸口和后背被玻璃刺破外，身上其它地方似乎并没有受到重创。芸儿不禁又喜又忧，在她的示意下，警察走到了身旁，她忍着巨痛把银行里发生的那一幕一股脑儿的说了出来。

警察听后神色严肃地围住度祥，想问他什么，可是度祥双目一直紧闭着，一句话都没说。一看这样，警察们只得摸了摸他的肩。微笑着叫他好好养伤。

救护车的声音此时从远处传来，警察们把度祥移到了她的身边。芸儿深情和充满怜惜地看着他。过了良久，度祥才睁开了眼睛，他的眼眶有点发红。先咽了一下口水，然后他用一种缓缓的动作从口袋里拿出了一个小盒子。小盒子外面裹着一层塑料纸，然后他继续用血肉模糊的手掌以一种缓缓的，缓缓的动作将它拆开。

“度祥?”芸儿疑惑地叫了他一下，但是他没有回应。

当那个盒子被半打开着放到了芸儿面前时，度祥才开口说出了他的第一句话。

“芸儿，你愿意嫁给我么?”

他的声音很轻，很沙哑，但是温柔的模糊了一切景物。Z推理

前情提要： 谢依雪接到的陌生电话正是赵伟所打，但赵伟却和欧阳梅死在了一起。神秘A物质的出现使案情变得扑朔迷离，李汉良也对此遮遮掩掩。沈晓叶满怀欣喜去赴萧之杰的约，萧之杰却迟迟没有出现，晓叶有了一种不好的预感。

无法呼吸

——尸体会说话

文/庄　秦

图/潘广维

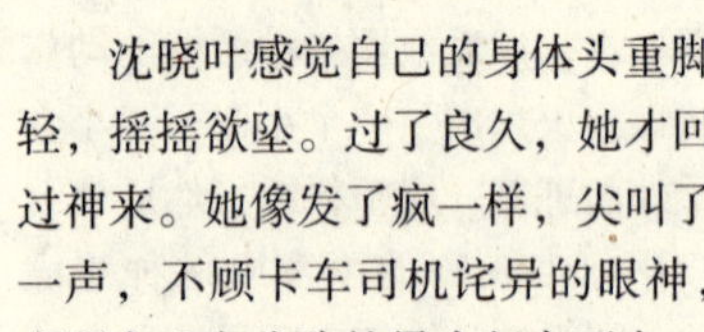

1

沈晓叶感觉自己的身体头重脚轻，摇摇欲坠。过了良久，她才回过神来。她像发了疯一样，尖叫了一声，不顾卡车司机诧异的眼神，自顾自地向公路的尽头狂奔而去。

天！城里开来的公共汽车与邻省开来的小轿车？算算时间，正是她呆在黄桷树下回忆起昨天晚上那个噩梦的时刻。难道自己想起什么不好的事都会变成现实吗？

沈晓叶不敢想太多，拼命地沿着马路奔跑。

天色越来越暗，远处还有隐隐约约的雷声，但沈晓叶管不了这么多。她只知道，在离这里四公里的地方发生了车祸，不知道萧之杰是不是在那辆车上，也不知道他怎么样了。现在她心乱如麻，心如刀绞，心撕肺裂。

沈晓叶没命地在弯弯曲曲的公路狂奔着，迎面的风刮在她的脸上，扯得脸上的肌肉生硬地疼。可她顾不了这么多，忽地一下，她的脚踝一阵刺痛，是高跟鞋的鞋跟扭断了。她脱掉鞋，捏在手上，赤脚向前方跑去，披头散发，两眼赤红。

轰隆一声，远方的天空闪了一下，雨点落了下来。沈晓叶只穿了一件薄薄的长裙，身上渗出了薄薄的汗液，浸湿了她的衣物，裙子和肉紧紧贴在了一起。

道路两边的黄桷树长得遮天蔽日，就像一条暗无天日的隧道，想要把狂奔着的沈晓叶撕成一块一块血肉模糊的碎片，然后再活生生地吞噬得无影无踪。

她忽然听到身后有汽车驶来的声音，回过头来，在幽暗的树影下，一辆公共汽车正缓慢地开着车前大灯向这边驶来。

沈晓叶连忙挥手，车停了下来，后车门刷的一声打开了。她急急忙忙从后车门上了车。

公车上除了驾驶员，没有其他的乘客，一上车，晓叶就感觉到一股阴冷之气。一丝风从脑后袭来，凉嗖嗖的，令她禁不住打了个寒战。

坐在驾驶台上的司机幽幽地问道："小姐，请到前面来投币。"

沈晓叶在兜里搜索着零钱，然后抬头向前望去，她看到了正转过头来对她呵呵笑着的汽车司机，不由得倒吸了一口凉气。

这个司机四十多岁，戴着一顶棒球帽，鼻梁上架着一个超大的黑色墨镜，人很瘦，瘦得连颧骨都向外凸了出来。在他的脸上，有一道长长的伤疤，从左边耳朵下，重重地拉了下来，一直拉到右边的嘴角。伤疤上粘着很小很细的玻璃碎片，白色的肉茬翻飞起来，还有乌黑的浓血从伤疤里一汪汪地淌出来，缓慢蔓延在整个脸庞上。

司机张开嘴来，幽幽地问："小姐，你快到前面来投币，车马上就要开了。"

他张开嘴的时候，几只蠕动着的蚯蚓正昂首从他的嘴唇里掉了出来，与血肉粘连在一起，还有绿幽幽的液体，是胃液！

沈晓叶感觉自己的胃在蠕动，剧烈地蠕动。

她张开嘴，想要呼吸，可是喉管的肌肉却像是粘在了一起，令她无法呼吸。她用尽了全身的气力，却完全不能移动自己的脚步，两只腿就像是灌了铅一般，沉重得无法抬起。

终于，她发出了一声尖叫。

"啊——"

凄厉的声音划破了车窗外的空气，向远方飘去。在空中打了个转，就被刚落下的雨滴的声音掩盖，只剩下呼呼的风声。

"晓叶，你怎么了？"

听到这温暖的声音，沈晓叶睁开了眼睛，看到了萧之杰阳光般的面庞。她这才发现，原来没有什么公车，更没有什么脸上长疤还从嘴里掉着蚯蚓的中年司机。她正躺在果山山脚的黄桷树下，她竟做了个莫名其妙的梦。

沈晓叶不好意思地站了起来，拍了拍裙子上的灰尘，说："都是你不好，不是约的十点在这里见面吗？你怎么迟到了？"

萧之杰连忙说："真是对不起，本来我可以早点来的，没想到在离不远地方，发生了一起车祸，一辆往这边开的公共汽车和从邻省开来的小轿车撞在了一起。公车司机当场死亡，小轿车被撞到了悬崖下。也不知道那小车司机是死是活，估计也是凶多吉少了……"

听了萧之杰的话，沈晓叶呆若木鸡。她愣愣地站在黄桷树下，嘴角扯了扯，却不知道该说什么。

萧之杰还继续说着："你知道，我是学校新闻部的记者，身上随时都带着数码相机的，见到了车祸现场，立刻就下了车，趁交警没来前拍了几张弥足珍贵的照片。你要不要看看？"

沈晓叶慌忙地摇头，她不想再听有关这场车祸的事了。

可是萧之杰却还在兴奋地说着："这照片拍出来可真是不容易啊，还好，那只是一辆空车，是返回加油的，只有一个中年司机。在撞到小轿车后，他打了一下方向盘，正好撞在一棵黄桷树上，挡风玻璃全碎了。有一块大一点的挡风玻璃碎片正好划过他的脸，从他左边耳朵一直划到右边的嘴角。在惯性的作用下，他摔出了汽车，趴在地上，嘴里啃了一口泥巴。我还亲眼看到，有几只蚯蚓扭动着从他嘴里掉出来……"

"不要说了！"沈晓叶大声叫了起来，她不敢相信萧之杰所说的一切，竟和她之前做的梦一模一样，难道那一切都是自己亲眼目睹的吗？她不敢再去想了。

萧之杰诧异地望着沈晓叶，他有些不理解这个漂亮的女孩为什么会在这一瞬间歇斯底里地吼叫。不过马上他就释然了，毕竟这么一起血腥的车祸，不是每个女孩子都可以承受得了的。他连忙亲热地拉住了晓叶的手，说："我们上山吧，我知道有个地方，鱼多得要命，而且不会被雨淋到。"

说话之间，雨已经落了下来，虽然不是很密集，却让人感到一丝丝凉意。

萧之杰似乎想起了什么，对晓叶问道："今天有点堵车，我怕会来晚，就给你打手机，为什么一直都没人接呢？"

晓叶回答："我出来急了一点，手机忘在家里了。"

一想到放在家里的手机，晓叶的心里闪过了一丝慌乱。爸爸一直都不允许自己在大学期间谈恋爱，如果让他知道了自己现在正和一个男生约会，还跑到这么偏僻的果山来，他不把自己打死才怪呢。

今天把手机放在了家里，爸爸会看到吗？

爸爸现在在干什么呢？

晓叶又开始觉得自己有些无法呼吸了。

2

沈建国一早就出了家门，他感到心里很慌，总是觉得胸口里空落落的，像是缺少了什么东西。

是的，他缺少了一个女人，是突然缺少的。

欧阳梅，一个对他无限崇拜的女人，即使也许只是表面上的，就这么消失了。看了晨报上的新闻，他不由得感觉心跳加速，两眼漆黑。所以他连何姐做的极品煎蛋都没吃，就急匆匆地窜进电梯直下地下二层取车去公司。

一路上，他两眼直视前方，手机械地转动着方向盘。两只眼睛像是冒出火来了一般，上下牙齿紧紧咬合，脸上的肌肉僵硬地隆起，像是枯死的树根一样盘踞在面庞上。

昨天一晚上他都没有睡好，心里老是想着欧阳梅。那个温软如玉的身躯，曾经无数次在自己的身体下疯狂地扭动，像是水蛇一般。可现在却变成一具冷冰冰的尸体，他无法想象……不知不觉中，他竟觉得自己的眼睛开始生生地发涩。

沈建国在方向盘下的小抽屉里翻出了一支眼药水，一边开车一边给自己点上一滴。还好现在是在一条笔直的公路上，前后也没有什么车。

昨天一晚，沈建国一直在做噩梦。在梦中，欧阳梅不停在身体下扭动，身体的某一部分急速地收缩着，刺激着沈建国想要释放身体内部高涨得不能自己的欲望。沈建国高声呼喊着欧阳梅的名字，剧烈运动着自己的身体，可是欧阳梅的动作却突然停止了。

正当沈建国纳闷的时候，欧阳梅不知道哪里来的巨大力量，一翻身已经坐到了沈建国的身体上。这是个让沈建国有心理障碍的体位，他很不满意欧阳梅占据主动的位置。他想要发怒，可欧阳梅凝脂一般的脸凑拢了他的脸，伸出柔软的舌头舔着他的嘴唇。两根舌头纠缠在一起，像是两只贪食禁果的蛇。

沈建国陶醉其间，不知身在何处。当他在朦胧的快意中睁开眼睛，却不由得心里扑通乱跳。

欧阳梅的脸变了颜色，变成了尸体般的死灰色，没有一点光泽。她张开嘴，一股腐尸与白铁混合的气味混杂在一起，令沈建国产生抑制不住的呕吐感觉。

他禁不住将头缩回了几公分，他更清楚地看见了欧阳梅欲望高涨充满诱惑的身体。欧阳梅坐在沈建国的身体上，眼睛迷乱地半闭着，轻轻吐着气，但这气味却让沈建国恶心。他不知道自己是身处梦中，或是在现实之中。

正在他疑惑之际，欧阳梅脸上的皮开始一块一块往下掉，就像干透了的面粉，扑簌簌地往下掉。转

最推理

024

瞬之间，欧阳梅的头颅已经变成了一颗滚圆骨质暗灰的骷髅。

沈建国想要尖叫，却发现自己的喉管变得狭窄无比，气流冲出时，只能发出嘶嘶的声音。这是梦魇吧？沈建国对自己说。可这腐尸与白铁的气味就近在眼前，直冲鼻孔，却又如此真实，不像是梦境。

沈建国使劲摇了摇头，拼命想让自己更清醒一点。他再定睛一看，哪有什么骷髅，面前还是喘着粗气的欧阳梅，脸上焕发着潮红，嘴唇轻启，眼波流转。

她的身体有节奏地上下移动，两只肉感的乳房像跳跃着的兔子一般在沈建国的眼前乱抖着，肉欲的味道在两人身体周围横冲直闯，身体的温度达到了最高的顶点。

沈建国这才知道，原来这样的体位姿势并不是坏事，这可以让他最深度地进入对方的身体，还可以清楚地看到爱侣的表现。欧阳梅这个尤物，真是让人难以忘记。

沈建国享受地闭上了眼睛，慢慢期待高潮的来临。

就在这时，他又闻到了那股腐烂尸体与白铁混合的气味。他慌忙睁开眼睛，大惊失色。在他面前，欧阳梅又变成了一颗死灰色的骷髅。

他想叫出声来，梦魇的感觉却又来了。他感觉到自己快要窒息。

无法呼吸。

一整夜，沈建国辗转反侧。在梦中，欧阳梅不停从美丽的女子变成灰色的骷髅，又从骷髅变成温软如玉的娇躯。两个形象在沈建国的眼前不停变换，相互交织，令他不知道是在梦中，抑或是在现实中，让他无所适从。

不知道是什么时候，沈建国刷地一声猛然坐起，浑身被冷汗浸湿。

他身体不住地战栗，看了看身边躺着的谢依雪，还是依然熟睡。

沈建国忽然觉得心里很难受，他披上一件衬衣，走到阳台上吸起了烟。在黑暗中，烟头像是一个妖冶的红点，熠熠发光。

沈建国使劲摇了摇头，想让自己清醒一点，现在他正开着银灰色的帕萨特向公司驶去。他看了看路边，行道树越来越密密麻麻的，不知道怎么了，他竟在恍惚之间，将车开到了郊区。这条路一直这么开下去，会开到邻省去的。

他连忙掉转了车头，向市区疾驶而去。

国风医药公司办公室设在了市区中心，那是在一幢四十层豪华写字楼的 33 楼，租了整整半层，装修时连通到了一起，完全欧陆风格，一看就给人一种有实力的感觉。

这家医药公司是自己和战友吴庆生一起开办的。

吴庆生和沈建国有着过命的交情。那是在二十三年前了，当时他们还在内蒙古的大草原上当兵。那是一个飞雪连天的夜晚，凌晨三

点，是内蒙古最冷的时候。突然响起了紧急起床的号声，营部发了命令，急行军五十公里。沈建国那个晚上本来就睡得很晚，大概是一点的时候才睡的。

这么晚睡的原因，是因为沈建国去搞了点夜宵。他把附近老乡的一只狗弄来做了叫花狗，和几个朋友一直吃到了半夜，整个肚子都是撑着的。

急行军才慢跑几公里的时候，沈建国就拉在了最后。与他跑在一起的就是吴庆生，吴庆生是广东人，体格瘦小，体力在整个班里也是最差的，所以跑在了最后。

沈建国突然觉得肚子很难受，一阵阵的疼痛，仿若刀绞一般。他的脸上渗出黄豆般大小的汗珠，脸上的肌肉凌乱地挤在了一起。

吴庆生一看，就怀疑沈建国可能是得了急性阑尾炎。他马上背着沈建国折回了营部，然后求来了营部的吉普车送他去了邻近的城市。还好，送得及时，当时的医生说，如果送晚了一个小时，脓就穿孔了，到时候就只有收尸了。

这事被上级知道了后，查出了沈建国偷打老乡的狗，还私自开伙，于是给了他关禁闭的处分。可也让沈建国与吴庆生成了最好的朋友。

复员后，沈建国进了一家工厂在保卫科里做了保安。接着是结婚，生女，丧妻。改变来自于十年前，沈建国很意外地接到了一笔来自海外的遗产，有了资金，想做点什么。他第一时间就想起了联系吴庆生。

那个时候，吴庆生正在广东的一家药厂做业务代表，一听到沈建国的召唤，立刻来到了江都市。他建议沈建国拿这笔钱开个医药公司，沈建国听从了他的建议。那个时候是药品生意最好做的一九九五年。

正在沈建国回想当年事的时候，忽然听到车后有喇叭在使劲地叫着。他瞄了一眼后视镜，后面有辆挂着邻省牌照的小轿车正不耐烦地叫着，他这才想起，自己的车速实在是开得太慢。

沈建国觉得自己现在的状态实在是不能太快，于是扭了一下方向盘，将车慢慢移向路边，他将左手伸出了窗外做了个请超车的手势。

后面的小轿车猛一加速，超过了沈建国的银灰色帕萨特。就在这时，公路前方响起了刺耳的喇叭声与急刹声。沈建国一抬头，看见一辆空载的公共汽车正以极快的速度向这边冲了过来。

那辆邻省小轿车迎头撞向了急驶过来的公共汽车……

沈建国使劲踩着刹车，终于没让自己的银灰色帕萨特撞过去。但是，那辆邻省的小轿车在巨大的冲撞下，被挤到了路边的悬崖下，发出了轰然一声巨响。而公共汽车，在刹车与冲撞的作用下，在原地打

了个急转后，撞在了路边的一棵巨大的黄桷树上，挡风玻璃被击得粉碎。

沈建国呆若木鸡地看着这一切，嘴里喘着粗气，喉咙管发出嘶嘶的声音。

他感觉到窒息。

如果他不让后面这辆外地牌照的轿车超过去，那么现在被公共汽车一头撞上的，就是他自己的车了。

看着眼前这一幕，沈建国大口大口喘着粗气，胸口不停起伏着。他感到了一阵阵的后怕。

3

沈建国不想招惹太多的麻烦，他没有打电话报警，也没有下车看看。他驾驶着帕萨特小心翼翼地绕过了搁在路边的公共汽车，然后一溜烟离开了这条公路。

一路上他以最快的速度行驶着，刚才那突然发生的一幕，令他的胸口突突直跳。在车经过公共汽车时，他真切地看到了，挡风玻璃完全破碎，那个中年司机的脸上划过一条长长的伤口。司机从挡风玻璃这里冲了出来，摔在一片泥地里，墨镜耷拉在一边，伤口从左边耳朵一直向下拉到右边的嘴角，鲜血正汩汩地向外淌着。司机的眼睛半睁着，当他瞧着沈建国驶过时，眼睛突然睁得圆圆的，全是乞求，又或全是愤怒。而在他的嘴里，还有几只扭动着的蚯蚓正蠕动地爬出。

沈建国不敢多想，他只顾着开车。天色已经暗下来了，远处的天空闪了一下，雨点噼里啪啦地落了下来。

好不容易进了市区，沈建国透过朦胧的挡风玻璃，看到了办公室所在帝景大厦。

帝景大厦地处江都市的中心，足足有四十层，建于四年前。当时这座大厦建成的时候，引起了不小的轰动，因为这是当年江都市里最高的建筑物。不过，到了现在，却又不是了。在帝景大厦的斜对面，也是同样的时区最繁华地段，新修了一幢更高的建筑物，有44层，而且采用了最新的建筑设计方案，看上去比帝景大厦更加豪华与时尚。

在新大厦的比较之下，帝景大厦就显得矮小与形秽，就像跟着老大哥混的小弟一般，不招人喜欢，不招人爱。不仅仅来租写字间的单位没以前多，更多已经搬进来的公司借口光线被对面大楼挡住，还提出了迁走。

不过，作为国风医药公司来说，办公地点倒是无所谓。因为他们的工作性质就是出外销售，很少有客户会到公司来看看。趁着混乱时，与帝景大厦的投资商谈判后，租金竟少了百分之二十，这让沈建国出乎意料地高兴，于是将省下的钱

为公司重新做了个装修。这装修不是给客户看的，而仅仅是为了沈建国与吴庆生两人工作时心情愉快。

经过十年的奋斗，现在国风医药公司已经在业界大有名气了。而沈建国与吴庆生的关系却还和当兵时一样，好得令人怀疑他们俩是不是同性恋。当然，答案是否定的。沈建国有娇妻、女儿，吴庆生虽然一直没成家，但也常常带几个不固定的女友到公司来玩。特别是最近，他常常带一个叫小魏的女孩来公司，据说这次吴庆生是真正动心了，他已经准备和这个叫魏灵儿的女孩结婚了。

吴庆生善于交朋友，待人实诚。这样的性格并不适合做业务，所以他向来都是和医药公司的上家——各家药厂打交道，他也联系来了不少独家代理品种，价低质优，为国风医药带来了滚滚财源。

沈建国性格外向，社会上的一套手腕用得出神入化，业务上的工作一般由他来开展。拓展医院，联系客户是他最擅长的事。而在他手中，还有一张王牌，那就是，他和江都大学附属医院的院长李汉良是极好的朋友。而说起他与李汉良结识的过程，那还颇有一番渊源。

沈建国将车摆在了地下停车场后，上了电梯。

电梯还是五年前流行的那种全封闭的电梯，墨绿色的梯厢，沉重的关门声，总是让沈建国觉得心里沉沉的。

电梯门咚的一声关上，在向上运行的过程中，电梯总是响着喀喀的声音，还伴随着微小的震动，这让沈建国多多少少觉得心里有些不踏实。

他揉了揉太阳穴，对自己说，今天大概是太紧张了。那起车祸就在自己的眼皮下发生，来得如此突然。那个中年司机在他离开时，幽怨的眼神一直在沈建国的脑海里盘旋着，令他胆战心惊不寒而栗。

沈建国使劲摇了摇自己的脑袋，想让自己镇定下来。就在这时，电梯突然停了下来。

看了看，电梯是停在了一楼。沈建国是在地下二层上的电梯，所以电梯在这里停下也是很正常的。可是电梯刷的一声打开后，却并没有人进来。不知道是哪个调皮的小孩按电梯开关玩，一边这么对自己说着，沈建国一边等待电梯门关上。

这段时间，这幢大楼的租户越来越少，听说有这么一个传闻，在大厦的十三层，有一个女人上吊死了，魂魄却没有离开，一直在这大厦里游荡，寻找替身。真是无稽之谈。这朗朗乾坤，哪有什么鬼呢？不过帝景大厦的人为了求个心安，干脆将十三楼弃用了，电梯也不会在十三楼上停靠。

电梯门关上了，里面还是只有沈建国一个人。他斜斜地倚在电梯

壁上，想摸根烟出来点上。想起电梯里是不允许吸烟的，于是他只好把没点的香烟含在了嘴上，眼睛盯着变换上升着的数字发愣。

电梯到十三楼的时候，忽然一阵轻微摇晃，然后身体一轻，竟停住了。

不是说十三楼放弃使用了吗？怎么在这里居然停下了？沈建国忽然觉得心里忐忑不安，没来头的慌乱占据了他的整个心绪。

电梯门慢慢地拉开，发出嘶嘶的齿轮咬合声。在这声音中，沈建国竟莫名其妙地觉得全身冰冷，像是跌入了冰窖之中一般。

十三楼因为放弃使用的原因，所以连走廊上应急灯也没有点上，门外的黑暗像水一样慢慢侵蚀进来。

潮水一般不期而遇的恐惧突然之间向沈建国袭击了过来。

他探出头去，外面黑黢黢的，没有一点光亮。虽然现在是白天，但是电梯间正好在房屋的死角，见不到半点阳光。十三楼楼道像是张着一张大嘴的怪兽，等待猎物的自动投案。

沈建国不知道自己的担忧是从何而来的，只觉得心脏扑通扑通跳着，远远超过了平时可以承受的程度。他觉得喉管正在慢慢变得狭窄，越来越窄，气流无法顺利通过。他开始感到窒息，无法呼吸。

这样的感觉并不是第一次遇到，除了在梦魇里曾经遭遇过，二十三年前的那次夜行军他也同样遇到过。

那次夜行军紧急集合时，他慌忙穿好裤子冲到操场时，就突然心慌意乱。那个时候，他感觉到莫名其妙而来的心悸，心脏剧烈跳动，越跳越快。喉管急剧收缩，让他难以呼吸。那是他一生中第一次有这样的体验，所以他并不知道这代表着什么。于是他继续参加了夜行军拉练。刚走出五公里的时候，他的阑尾炎就发作了。现在想起，当时的心悸正是症状的预兆，是一个不好的预感。

可是，为什么心悸的情况在这电梯门打开的时候突然出现了？这预示着会发生什么呢？

沈建国不敢再多想了，他慌忙使劲地按电梯关门的按扭。也许只是一秒钟，电梯大门就合上了，可这一秒却让沈建国感觉像是一个世纪一般漫长。门合拢的一刹那，剧烈跳动着的心脏顿时平稳了。

看来真是心理上的问题，一定是今天太紧张了。沈建国安慰着自己的同时，电梯终于在三十三层他的办公室前停下了。

4

出电梯时，沈建国吐了口唾沫抹在头发上，又整理了一下发型。虽然这两天经历的事不少，心如一团乱麻，但在吴庆生以及下属的面

前，他还是得保持一个老总的模样。

走进办公室，所有的人都在按部就班地埋头工作，偶尔有几个人在低声交谈，但看到沈建国走进来后，立刻停止了口中的絮叨，走到办公桌前假装勤奋地工作。

气氛很压抑，空气似乎凝滞了，没有一点流动，沉闷得快要让人发疯。

沈建国也猜到了，多半是欧阳梅的死讯已经传到了公司里。虽然他和欧阳梅一直都是在暗中进行交往，他并不想让办公室里的人都知道这段婚外的感情。可是，欧阳梅这丫头似乎一点也体会不到沈建国的良苦用心，老是趁着沈建国快要下班的时候，一惊一乍地跑到办公室里来接沈建国下班。还不住地提着在商场里购买的衣物送给沈建国。

当然，沈建国也知道，买衣物的钱，都是自己给她的。但是既然她有那份心思给自己买衣服，也说明这个女人的确还是把自己放在了心上。

按道理来说，像沈建国这样年龄的男人包二奶，倒不是为了感情上寄托，更重要的是为了身体的需要。不过，有这么一个崇拜自己的红颜知己，也是件赏心悦目的事。

可惜，这一切都已经成为了过眼云烟，灰飞湮灭。

沈建国垂着头走进办公室，想要和吴庆生交谈几句。

在偌大的公司里，沈建国也就只有吴庆生这么一个可以交心的朋友，就连欧阳梅的事，沈建国也没有瞒着他，而那幢在玉竹小区的商品房，也是吴庆生帮忙张罗的。

走进办公室，奇怪的是，里面竟空无一人。

吴庆生到哪里去了？这么多年了，他从来没有迟到早退过的。即使有什么事，他都会给沈建国说一声的。可现在他去了哪里？像今天这样的情况，这么多年了，从来没出现过。

沈建国满面狐疑地走到办公大厅，大声问道："吴总去哪里了？"

坐在总经理室外的会计杨晓雯抬起头来回答："吴总开车去果山了，他要去接从省城过来的一家医疗设备厂家的老总上果山水库钓鱼。本来想通知您的，可是您的手机一直都打不通，家里电话也没人接。"

沈建国从腰间取下手机看了一眼，哦，是没电了。他这才想起，昨天在警局接受一番询问后回了家，已经太晚，他忘记了给手机充电。而今天一直都神情恍惚，竟也忘了换备用的电池。

可是家里电话怎么会没人接呢？就算何姐去买菜了，谢依雪也会在家的。她挺着个大肚子，又能去哪里呢？

沈建国觉得心里有些隐隐的不安。他拾起电话，拨了家里的电话号码。果然没人接。

他又想拨打谢依雪的手机，可

这才想起，他已经太久没打过谢依雪的手机，现在竟然连号码是多少都忘得一干二净。这段时间以来，他的确太沉迷于欧阳梅的身体，此刻，他不禁有些隐隐刺痛，心生悔意。

可惜这个世界上没有什么后悔药可以吃，事情已经现在这个样子了，欧阳梅也香消玉殒，只有等谢依雪生下大胖小子后，再去好好疼她吧。

沈建国走进了总经理室，坐在老板桌前。

他拨通了吴庆生的电话，一阵盲音后，电话那头传来了吴庆生沙哑的声音。

“喂……”

“你在哪儿呢？事情顺利不？”沈建国虽然心情不好，但是依然知道把工作放在第一的位置。

“不太顺利，我在果山山脚等到现在，还没见着他们开车来。我怕他们的司机不熟悉路，开过了这条岔路就麻烦了。我打他们的手机，也一直说是处于盲区，真是麻烦……”

“哦，那你再等一会吧，这家医疗设备厂家的产品不错，一定要想办法拿到独家代理权。”沈建国吩咐道。

放下电话，不知道为什么，沈建国总觉得心里有些隐隐的不安，但这不安却不知道来自于哪里。

他踱到了巨大的透明落地窗前，往外看去。对面的那幢更高的大厦蔽住了视野，雨还在哗哗地下着，雨点洗刷着落地窗，让视野一会儿清晰，一会儿朦胧。

他想摸根烟出来抽抽，可拿出烟盒才发现，里面的烟已经空空如也，一根也不剩了。自己是什么时候吸完的，他一点也记不起来，他总是觉得最近的记忆出了些问题，很多事刚刚做过就忘记了。

一定是太劳累，压力太大，心情太紧张吧。沈建国对自己说。

现代职业人的压力来自于工作，更多的来自于生活。记得最近看过一篇报纸上的报道，说精神与体力上的压力会让职业人的身体出现空洞，表面上看不出有什么问题，但实际上危机四伏，一旦发现一个缺口，就会全面崩塌。这是什么所谓的亚健康状态。沈建国不想让自己崩塌，他决定明天一定要去江都大学附属医院全面检查一下自己的身体。

沈建国忽然觉得一阵困意，他这才想起，昨天一夜一直挣扎在噩梦与回忆之中，根本没有好好睡上一会。

他拉开门，对门外坐着的会计杨晓雯说自己要休息一会，如果没有特别的事，不要来打扰他。

他坐在总经理室里那张宽大的软皮沙发上，身体深陷其中，所有的神经立刻松弛了下来，没多久就发出了轻轻的鼾声。

不知道过了多久，他被经理室

外一阵嘈杂声给惊醒。

沈建国有些愠怒，满脸怒意地拉开门，大声问道："你们这是在干什么？都不工作了？在这里吵什么啊？"

虽然是九月，尽管下了一场雨，但是办公室里还是燠热不堪。可是，沈建国却看到杨晓雯正坐在座位上不停地发着抖，浑身上下不住地颤栗。

"出了什么事？晓雯。"杨晓雯是沈建国五年前特意从大学里精心挑选进入公司来接替谢依雪位置的，也对她特别器重。

杨晓雯依然止不住瑟瑟颤抖，她声音断断续续地，夹杂着颤音地说道：

"刚才……在十三楼……保洁员在打扫清洁时……发现了一具女尸……没有头的……"

5

在搜查赵伟房间时，周渊易与王力终于有了决定性的突破。在赵伟抽屉里有一本带锁的日记本，打开锁后，日记本上只是记录了一些实验数据，却并没有什么心情的记录。但是在日记本的薄膜封皮里，却找到了一张手机卡，放在手机里一试，果然就是打给谢依雪的电话号码。

这么看来，这个神秘电话果然就是赵伟打来的。他的居心何在？在询问了欧阳梅在水晶洗浴宫的同事，辨认了照片后，周渊易确定了赵伟就是欧阳梅青梅竹马的男友。

赵伟的研究成果即将出来，他为了摆脱一个做过桑拿女的女友而杀死她，这并非是不可能的事。何况他还可以接触到A物质并偷偷拿出，嫌疑人基本上可以锁定就是赵伟。

在调查赵伟的历史过程中，也没有什么值得特别留意的地方。

他出生距离江都市400公里外的远郊一个叫乌梅镇的乡村里，他十六岁的时候就认识了当时十二岁的欧阳梅。农村的女孩大多早婚，于是他们很早就确立了恋爱的关系并私定终身。后来赵伟考进了江都大学医学院，又进一步升入了研究生部。他读书很早，十六岁就考进了大学，一度被称为神童，所以现在他都研究生快毕业了，年龄也才不过二十一岁，可谓前程似锦。这样光明的前程，如果真的摊上一个有过污点的女友，他一定是不乐意的。虽然他生性木讷，可恹鸡咬人，做出杀掉欧阳梅的事也不足为奇。

但是赵伟也死了，这又是为什么呢？难道真的是螳螂捕蝉，黄雀在后吗？那这个所谓的黄雀又居心何在呢？

周渊易这才发现，这个案子远比自己想象的要复杂。他感觉自己又一次走进了迷宫之中。

周渊易坐在办公室里，两眼呆

滞地望着天花板上缓缓转动并发出吱吱声响的吊扇，手指里夹着白色的万宝路，沉思不语。就在这时，腰间的手机又响了。

看了看号码，是法医眼镜小高打来的。小高让周渊易马上到检验部来一趟，他又会有什么新发现呢？

小高给周渊易泡了一杯绿茶，茶叶在水杯中上下起伏，缓慢散开，散发出阵阵清香。

周渊易开门见山地问：“小高，叫我到这里来又有什么新的发现？”

小高微微一笑，说：“周队，当然是有新的发现，我才会叫你来的。昨天下午，在帝景大厦发现了一具无头女尸，这事你知道吧？”

“知道，当然知道。这个案子是交给了刘大头在办理，对不？”

“对，不过在经过检验后，我建议他把这个案子移交给你来处理，因为我发现了很有意思的东西。”小高说道。

“是什么有意思的东西？”

“在解剖这具尸体的时候，我意外地发现，她的心脏瓣膜奇怪地破裂了，就和欧阳梅死亡时的表征完全一样。对她的血液进行了取样分析，果然，在血液里发现了A物质的残留物。”

“哦？那快让我去看看这具无头女尸。”周渊易迫不及待地站了起来。

在太平间里，工人师傅将白铁冰棺从一格一格的抽屉里抽了出来。揭开白色的床单，周渊易看到了一具丑陋的尸体。

这具尸体属于一个很年轻的女人，大约只有二十来岁，皮肤因为冰棺低温的原因，显得有些僵硬，并隐隐约约有了点微微的粉红。在胸部有一些淡褐色的斑点，是尸斑，这些尸斑说明了这个女人死亡的时候是面部朝下躺在地上的。在脖子处，只有一个碗口大小的血洞，头颅已经不翼而飞。脖子上的切口参差不齐，不像是用专业的手术刀切割下来的，更像是用生锈的菜刀一点点割断。冰冷的肉茬在脖子切口边缘翻飞，鲜血凝结成了乌黑的冰棱，像锯齿一样张牙舞爪。两只曾经高耸的乳房，因为失去了生命力，软绵绵地趴在了胸口上，像是两坨病死猪肉一般让人恶心。皮肤依然是紧绷着的，看来她生前一直很善于保养身材。在她的手指上，没有粗厚的老茧，皮肤细嫩得让人不敢相信，她生前应该不是从事体力劳动，也不常使用电脑之类工具。

这个死亡的女人究竟是什么身份？这是现在最应该搞清楚的一点。她的死因与欧阳梅相同，极有可能是被同一个凶手杀死。现在基本上可以肯定欧阳梅是被她男友赵伟杀死的，而赵伟也被另一个隐藏着的不知名凶手杀害，那这女人又

是被谁杀的呢？

太多的疑问让周渊易陷入了一个紧接着一个的谜团之中。

回到办公室中，他有气无力地半倚在沙发上，嘴里木然地吐着烟圈。白色的烟圈在他面前交织变换，一张魔雾一般的网在他眼前不停出现并消失着。

一丝倦意突然涌上了他的心头。

他努力地想要保持自己的清醒，却发现这是徒劳的。

他愣愣地望着眼前这片烟雾，烟雾之中隐约有一张脸，一张女人的脸。这张脸躲在了薄雾后，看不见她长什么模样，惟一可以看到的只是她的眼睛与嘴巴。

她的眼睛死死地盯着周渊易，似乎在叙述着她的不幸。而嘴巴微微上翘，却是个诡异的微笑。

她在笑什么？是在嘲笑还是讥讽？

周渊易手中的香烟烧到了尽头，一丝滚烫的感觉从手指蔓延了到了全身，让他打了个激灵，顿时清醒了起来。

刚才幻觉中的那个女人令他全身莫名其妙激出了一身冷汗。

要查清这个女人的身份并不是一件很容易的事，她的头颅不见了，而最近也没收到什么失踪人口的报告。再说了，从小高的检验报告上来看，这个女人是当天才被杀死的，失踪人口报案一定也没这么快。

这女人为什么会死在帝景大厦里的十三楼呢？这层楼早就被废弃不用了，从痕迹上来看，并没有移尸的线索，那里就是案发的第一现场，从尸体脖子旁喷溅的血迹可以得到这样的结论。尸体的指甲缝里没有发现衣物或者人肉组织的残留痕迹，这也说明被害者并没有反抗与挣扎，凶手一定是死者所熟悉并信任的人，才会乖乖地跟着来到这废弃的帝景大厦十三楼。

这个凶手为什么会带走死者的头颅呢？只会有两个解释，如果不是有着刻骨铭心的仇恨，那么就是不想让别人知道这死者的真实身份究竟是何许人也。

这么说来，只要知道了这女人的身份，再排查其社会关系，案件就有了曙光，同时还可以顺藤摸瓜找出赵伟被杀的内幕。

一想到这里，周渊易心里就禁不住阵阵兴奋。

谢依雪撑着伞走出了伊莎坦布尔咖啡厅，雨点好像更密集了。

柏油马路上已经积起了一层雨水，雨点落在水面上激起了一朵朵水花。

她来的时候，是在伊莎坦布尔酒吧大门前下的出租车，这里是单行道，现在要回去就得走过不远处的一个过街天桥才行，否则要绕很

大一个圈才可以走上回家的路。

谢依雪捂着肚子走到天桥边，雨点敲在伞面上发出了飒飒的声响。她的脚踩在水中，平底鞋的鞋面都有些被浸湿了。她感觉有一丝寒意从自己的脚底渐渐弥漫到全身，她对自己说，千万别感冒了，就算不是为了自己，也得为肚子里的孩子想一想。

她想尽快回家，然后泡个热水澡，再插上一会花。何姐应该买回了各种颜色的鲜花了吧，只有在插花的时候，她才会忘记所有不快乐的事。欧阳梅已经死了，沈建国外面的女人没有了。他会回到自己身边，还是继续在外面寻找新的猎物呢？一想到这里，她的心里就有些忐忑不安，心如乱麻。

她加快了脚步，走上了天桥的阶梯。

江都市的过街天桥修得都很高，因为作为一个交通枢纽，城市里常常会穿越过许多加长加高的载重卡车，发出轰隆的怪叫，呼啸而过。

桥上没什么人，两边的广告牌让本来就很阴暗的天色显得更加阴森，灰蒙蒙的天空就像要压下来一般，这让谢依雪感到心里像是埋了一块石头一样。

广告牌的影子占据了半边的桥面，斜斜地拉长，雨水积到了脚踝处。谢依雪有些犹豫，她在想是不是要这么走过天桥。她很担心如果就这么走过去，雨水一定会进鞋的，要是感冒可就麻烦了。

自己怀着孕，不能吃药，只能靠身体扛一扛，那会很麻烦的。还不如下了天桥，就在单行道这边打辆出租车，就算多点钱也没什么关系。

正当谢依雪下定了决心准备转身走下天桥的时候，忽然听到身后传来了悉悉唆唆的脚步声，这脚步声很细微，像是刻意在隐瞒着自己的到来，但是却因为踏在雨水中溅起了水花才真相大白。

是谁？只是个路人吗？

谢依雪转过头来，向天桥的对面望去。

在广告牌的阴影里，走出来了一个全身黑衣的老太婆。这是九月，虽然下了一场雨，但是空气里还是弥漫着没有消散完全的热气。可这老太婆却穿着很密实的黑布衣服，黑色的绸布衬衫的领口一直扣到了脖子上，长袖遮到了手腕处。她的脸遮掩在广告拍的阴影之中，只有一双眯得小小的眼睛，散发着捉摸不透的诡异的色彩。

这张脸慢慢地从阴影里凸现了出来，这是张布满了沟壑的脸，就像一张老树皮，到处都是纵横交错的皱纹。

两只浑浊的眼球出现在了谢依雪的眼前。这是多么浑浊的眼球啊，三分之二的地方都被眼白占据，剩下的三分之一则是一颗仿佛被雾遮住了的眼睛。老太婆翻了翻眼皮，瞪了一眼，然后马上就垂下

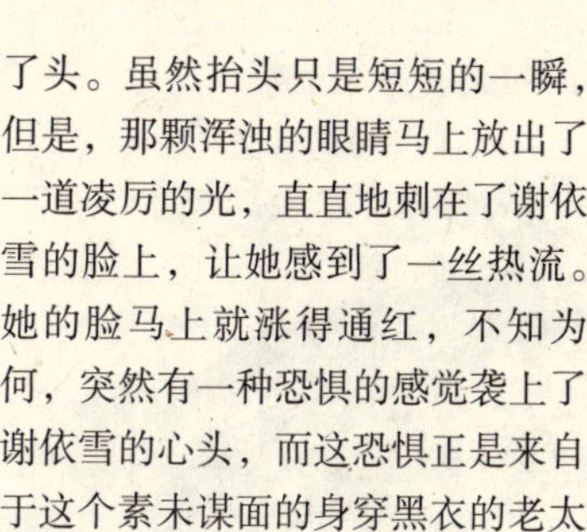

了头。虽然抬头只是短短的一瞬，但是，那颗浑浊的眼睛马上放出了一道凌厉的光，直直地刺在了谢依雪的脸上，让她感到了一丝热流。她的脸马上就涨得通红，不知为何，突然有一种恐惧的感觉袭上了谢依雪的心头，而这恐惧正是来自于这个素未谋面的身穿黑衣的老太婆。

谢依雪对这突然出现的不寒而栗的感觉感到有些无所适从，她不知道这究竟是怎么了，这个老太婆她从来都没有见过，可为什么会产生这样的奇怪感觉呢？

她情不自禁地往后退了几步，她感到这老太婆对她有一种莫名其妙的压迫感。当她的后背贴到了一片冰凉的栏杆时，她才知道自己已无退路。她瞠目结舌地看着这老太婆向她缓缓走来，双手冰凉，捂着肚子不停颤抖。

这老太婆走得很缓慢，她一只手撑着一把黑伞，另一只手扶着身边高高的广告牌，脚步颤颤巍巍，仿佛一阵风都可以将她刮倒。她穿了一双和衣物同样黑色的布鞋，她的脚踩在了水洼里，溅起了朵朵水花，但她却没有一点迟疑，继续将布鞋踩进了水中，眼看着被浸湿。

当她的脚踩在水里时，不停发出了啪嗒啪嗒的声音，听上去就像来自于很远的地方，这不禁让谢依雪感到没有来由的恍惚。

她走得好慢，就这么一点一点地接近谢依雪所站立的位置。

随着这老太婆的逼近，谢依雪感觉自己的心跳在不停加快，一分钟起码跳动一百五十次以上。她觉得自己的喉管在渐渐萎缩，气流无法冲出，不能说话，更不能呼吸。

这是怎么样的一种感觉啊？

无法呼吸！

谢依雪捂在肚子上的手，开始渗出了冷汗，浑身一片冰凉。

这老太婆已经走到了谢依雪身边，停住了脚步，啪嗒啪嗒的声响立刻消失。

她站在了谢依雪身边。她要干什么？

谢依雪觉得头晕目眩，浑身摇晃，大脑里严重缺血，世界仿佛停顿了，只留下一片空白。

肚子里的婴儿时不时地踢上轻轻的一脚，压迫着她的胃，让她有种呕吐的感觉。只有这感觉才让她知道自己的存在。

全身黑衣的老太婆，站在谢依雪的对面，抬起了头，浑浊的眼睛逡巡了一眼谢依雪，然后咧嘴一笑，嘿嘿一声，露出了里面东倒西歪，乌黑的牙床。

她的嘴角向上微微翘着，仿佛在微笑，更像是在嘲笑。

她的喉头滚动了一下，很缓慢很缓慢地说道：“都会死的……都会死的……都会死的……”

说完，老太婆哈哈大笑起来，

笑声歇斯底里，荡气回肠。她转过身来，一蹦一跳，兴高采烈地沿着天桥阶梯跑了下去，手里那把黑色的绸伞也被她扔在了地上，随着雨水冲刷，缓慢向阶梯下滑去。

“我的天，怎么这么倒霉？”谢依雪惊魂未定地对自己说，“怎么上天桥也会遇到一个疯婆子呢？”

她这才想起，最近一直都有人在说，伊莎坦布尔酒吧附近，时常出没一个发疯的黑衣老太婆，见人就说一句让人全身冰凉毛骨悚然的话。

“都是会死的……都是会死的……都是会死的……”

听说这个疯婆子以前很正常，就住在这附近。自从她老伴因为什么疾病死了后，她失去了生命的支柱，眼前的世界在一瞬间崩塌，歇斯底里地发疯了。

这事江都市的报纸还刊登过，希望社会援助。后来当民政局来寻找这老太婆时，却遍寻不得其踪。有人说她去了其他城市，也有人说她已经死掉了。可是，万万没想到，今天谢依雪却在这天桥上鬼使神差地遇到了。

想到这里，谢依雪突然感到肚子里的婴胎又踢了她一脚，而且这一脚踢得很重很重，让她感到无法承受的疼痛。

她扶着高高的广告牌呕吐了起来。

7

杨晓雯抬头望着沈建国，她觉得今天的沈总特别奇怪。当她说出十三楼上发现了一具没有头颅的女尸，沈总顿时脸色发白，大颗大颗的汗液从额头分泌出来，顺着脸颊滑落，他却没有分出一只手来擦拭。

杨晓雯关切地问：“沈总，您没事吧？”

沈总似乎很恐惧，浑身战栗着，双手颤抖。他答道：“没事，我只是有点累了，刚才睡了一会，一出来就听到这么可怕的事，心里觉得有点慌。我再进去睡一会，如果吴总打电话来，你就叫我。”

“哦……”杨晓雯埋下头来，一边噼里啪啦在电脑上敲着字，一边说：“吴总先就打来了电话，那时您在睡觉，我就没叫醒您。他说他在果山山脚等了一上午，都没等到人，现在他留了一个人在那里等，他先回公司来。下午税务这边还有点事呢。”

话还没有说完，沈建国已经进了总经理办公室，“砰”的一声关上了门。在关门的一刹那，整个办公室都微微颤抖了一下。

杨晓雯惊慌地抬了抬头，茫然地望着紧闭的总经理办公室大门。

沈建国的心情很不好，他想发火。他终于知道了为什么在十三楼

的时候，他会感觉到恐惧。那是一种死亡的气息，在身边萦绕。

好像有人说过，人体就是一个气场，每个人都有一种属于自己的气息。当死亡的时候，这气息就会弃人而去，灰飞湮灭。这就是所谓的灵魂，据说有科学家作过研究，让即将死亡的人躺在最精密的电子天平上，在死亡的一刹那，人体的重量轻了二十一克，这就是灵魂的重量。

沈建国从来对这种说法都是嗤之以鼻，不以为然。他一直都认为，这减少的二十一克只是人在死亡时呼出的最后一口空气的重量。

不过，后来他又听到了一种说法。每个人的气场都有相对应的频率，每个人的都不一样。但是，也不排除有人的气场会接近到可以忽略的程度。如果遇到了这样的情况，两个人的气场重叠，其中一个人就会看到或者感受到另一个人的想法。如果另一个人恰好刚刚死亡，那么这就是所谓的见鬼，会表现为幻觉、幻听，感觉心慌或者窒息。

难道这个死了的女人的气场正好和自己相接近吗？不然怎么自己会有那样的感觉？

沈建国感觉心里有些隐隐的不安，他不敢再多想了。

吴庆生回到帝景大厦的时候已经是下午三点多了，他一回来就问杨晓雯："沈总呢？"

杨晓雯将中指竖在了嘴唇上，说："嘘，沈总还在睡呢。"

"那就不打扰他了。"吴庆生摊了摊手，继续说，"真是倒霉，在果山等了一上午，都没见邻省那家医疗设备厂的老总过来。回来的时候，我开的那辆桑塔纳偏偏闯了红灯被警察扣了。本来这么个小事不会被扣车的，可我不知道怎么了，和那警察吵了一架，他一发火，那我的车给扣了。我明明看到那个时候是绿灯的，可是一开过去的时候就被警察拦住了。我敢发誓，我看到的绝对是绿灯，所以和那警察顶了几句嘴。可是去岗亭看了监控录象，那时还真是红灯。真是青天白日见了活鬼……"

杨晓雯关切地问："吴总，您下午还要去见税务的人呢，没车怎么行呢？"

"没事。"吴庆生掏出兜里的纯棉手绢擦了擦脸，说，"我一会开老沈的帕萨特去。他的车钥匙我也有一把，等他醒来你给他说一声就是。"

说完，他就来到自己的抽屉旁，手忙脚乱地找出一叠厚厚的资料。

出门前，吴庆生摸出手机，拨了一个电话，这是打给他未婚妻魏灵儿的。

吴庆生是在一个很偶然的机会认识魏灵儿的。他已经四十三岁了，一直都没有娶妻生子，他认为追逐比守侯更有意义，没有必要为

了一颗星星放弃整片星空。不过当他遇到魏灵儿的时候，他决定放弃以前的想法。

那是在三个月前，吴庆生开着桑塔纳到卫生局去办事。当车开到新街市路口时，突然从人行道边冲出了一个小孩。他踩刹车已经来不及，幸好他开车早就不是一年两年了，急中生智，使劲一扭方向盘，车向路边的栏杆撞去，避开了那个冲上路的小孩。

铁制的栏杆被桑塔那撞倒在了人行道中，正好砸在一个过路的女孩脚上。

吴庆生不是一个逃避责任的人，相反，他还是一个很有爱心的人，否则也不会在二十三年内蒙古的那个雪夜里背着沈建国去医院了。

他连忙下了车，扶起了那女孩。

在看到那女孩的脸后，他不由得吃了一惊。并不是这个女孩有多漂亮，而是因为她的模样竟酷似另一个女人。

那个女人是吴庆生在内蒙古大草原上见到的，他一直都不知道她的名字。她住的地方，就在吴庆生随部队驻扎的营地旁。每天吴庆生站岗的时候，都可以远远听到那个女人唱着一首古老的歌谣，轻轻鞭打着羊群。在男人扎堆的地方，这样一个女人就像天使一般深深在吴庆生的心里烙下了一个不可磨灭的痕迹。这是一个美好的记忆，一直让他难以忘怀。他曾经下过决心，如果这一生一定要娶妻，也一定要娶这样的女人，陪她厮守一辈子。

现在看到脚被砸伤的女孩，他放弃了即将要办的事，执意要送她去医院检查。

这个女孩就是魏灵儿。

如果说这样的邂逅并不能构成吴庆生想要娶她的充分理由的话，那么当他知道了魏灵儿的父亲就是卫生局魏局长时，他就下定了决心一定要娶到魏灵儿。

事情进行得很顺利，在他无微不至的照料下，魏灵儿没过几天就出院了。她对这个忠厚成熟的男人颇有好感，而父亲也对这国风医药公司的副总很是满意。虽然吴庆生已经四十多岁了，可平时保养得很不错，又勤于锻炼，看上去也就三十出头的模样，于是他们顺利地交往了起来。

不过今天很奇怪，魏灵儿的手机一直都打不通，老是忙音。

吴庆生郁郁寡欢地放下了手机，抓起翻出了资料与帕萨特的车钥匙，又在抽屉里找到了一支眼药水，就走出了门。

8

沈晓叶与萧之杰坐在这个叫云雾山庄的亭台里，品茗着这果山上特有的毛峰清茶。果然这里不会被雨淋到，亭台上方翘出的飞檐遮住了所有的雨水。而水池里的肥鱼也

因为正在下雨缺氧的缘故，纷纷拼命游到了水面上层想要呼吸新鲜的空气。

没有多久的功夫，两人已经钓到了不少的鱼。有草鱼，也有鲶鱼，甚至还有几条红色的鲤鱼。

不过，沈晓叶与萧之杰坐在一起的时候，却一句话也没说，一阵尴尬的冷场。

终于，是沈晓叶打破了僵局。她问："萧，你怎么会想到约我出来钓鱼呢?"

萧之杰涨红了脸，像是个被大人发现偷吃糖果的小孩一般，吞吞吐吐地回答："……因为……因为……因为我……我就想找你来钓鱼……"

"切——"晓叶啐道，"这也算理由？你老实给我说，你是不是喜欢我?"

萧之杰听了这话，倒是马上恢复了以往的镇定与幽默。他反击道："谁说的？我哪有喜欢你？其实，照现在最流行的话来说，我只是对你有好感。"

"这么说，你不喜欢我?"话音还没落下，沈晓叶已经站了起来，做出了想走的架势。

"咳，你别走呀……"萧之杰慌忙伸手拉住了晓叶。

当两只手触碰到一起的时候，萧之杰分明感觉到了有一股热流在彼此之间传递，他颤抖了一下，仿佛被这热流融化。

一种突然而来的勇气令他站了起来，拥向了晓叶，把滚烫的嘴唇贴在了晓叶的嘴上。

他与晓叶的身体倾倒在了这布满飞檐的亭台之中，晓叶热烈地回应着他，这也是她苦苦等待的结果。

枕在萧之杰的膝盖上，沈晓叶仰望着他那张阳光般充满轮廓的脸。亭外的雨已经停了，刚才那猝不及防的热吻现在还令她头晕目眩，全身都洋溢着幸福的感觉。

沈晓叶两眼迷离地问："萧，你能给我说一下你的家庭吗？其实我对你还一点也不了解呢。"

听了晓叶的问话后，萧之杰原本清澈的眸子中竟平白增添了一丝阴郁，若有若无的阴冷如薄雾一般占据了他的眼睛。他摇了摇头，说："我们不谈我的家庭，好吗？我不想谈这个。"

"哦?!"晓叶不解地追问道，"有什么不好谈的？我都决定做你女朋友了，你还有什么不好谈的？就算你的家境再不好，再穷，我都不在乎的。我爱的是你这个人，和其他的无关。"

一滴淡淡的泪水从萧之杰的眼眶着缓慢渗了出来，他怜爱地望了一眼晓叶那完美的面庞，语气低沉地说："晓叶，不是我想对你隐瞒什么，只是……"

"只是什么?"

"晓叶，我现在真的还不能

说。等过一段时间我再告诉你吧，就算是我在求你。”萧之杰的脸上写满了忧郁与痛苦。

晓叶看着萧之杰的脸，她实在是不忍心继续问下去，但是心里却像是堵了一块沉重的石头，胸里的气流上也上不来，下也下不去。

她烦闷地站了起来，看了看天，然后对萧之杰说：“萧，时间不早了，我也得回去了。我们走吧。”

上了回城的公交车，天色已经有些暗了。下过一场雨，虽然已经停了，可空气里的晦暗并没有被雨水冲开，反倒是更阴沉了。

道路两边的行道树像列兵一般向后飞快地倒退着，依偎在萧之杰的怀抱中，沈晓叶觉得自己特别温暖。

她将脸贴在了车窗玻璃上，一口一口对着玻璃哈气。热腾腾的气吐在了玻璃上，立刻生起了一层模糊的雾。晓叶的手指无意识地在雾上划来划去，等她划完了定睛一看，不竟哑然失笑。玻璃上竟写满了萧之杰的名字。

她回过头来，望着萧之杰，一脸的傻笑。

晓叶心想，如果一辈子都在这车上，依偎在他的怀里，那是多么美好的一件事啊。

车开在途中，响着轰隆轰隆的轰鸣声，这公路不是很平整，常常会遇到或大或小的坑。而这些或大或小的坑总会让老掉牙的公共汽车稍稍腾云驾雾一番，在汽车腾空的时候，晓叶也会趁势往萧之杰的怀抱里凑得更拢一点。她喜欢这温暖的感觉。

忽然，沈晓叶感觉公共汽车行驶的速度突然放慢了，还东倒西歪，似乎是在避让着什么。她抬起头来望向窗外，这才发现车已经开入了市区。

行道树不见了，只有相互毗邻的高楼大厦。

公共汽车正缓慢地行驶，试图避过前方的一起车祸现场。

车祸现场围满了看热闹的人。

沈晓叶把头伸出了车窗，也只看到了来回奔忙的警察与看着热闹的闲人。她根本看不到在这堆人后，究竟是什么车被撞了，也看不清是不是有人伤亡。

萧之杰说了一声：“让我来。”

他挤到了车窗边，将手高高举起，手上拿着的是他最心爱的数码相机。他噼里啪啦地按着快门，在按完了几张后，公共汽车已经驶离了车祸的现场。

萧之杰兴奋地坐了下来，眉飞色舞地说：“晓叶，今天我们接连遇到了两起车祸，明天的校报，我的照片一定可以上头条。”

晓叶并没有萧之杰想象中那么激动，她皱了皱眉头，说：“快把照片调出来看看吧。”

照片中，人头涌动，在人群的缝隙之中，可以看到一辆被挤成一团废铁的小轿车。

萧之杰叫了起来："真是酷啊！这车一定是在高速的情况下撞到了安全岛上。就算安全气囊打开了，巨大的冲击力也会把整个车厢挤出一团，活活把驾驶员给夹死。"

晓叶白了他一眼，说："你不要这么兴奋好不好？这可是一条活生生的性命啊。"她接过了数码相机，查看起里面存储的照片来。

她的目光落在照片上，不禁一愣，接着呆了起来……

沈晓叶张开了嘴，大口大口呼吸着空气。可是，她却觉得窒息。

她浑身剧烈地颤抖，嘴唇变得发紫，又渐渐变得苍白。

她伸出手指，指着照片，想要叫出来，可是喉管似乎变狭窄了，气流根本不能通过。她只可以喘气，但却只有出的气，没有进的气。她的胸口一起一伏，脸涨得通红。

萧之杰注意到了晓叶的不正常，问道："怎么了？你怎么了？"

晓叶哇地一声哭了起来，大声叫道："爸爸！爸爸!! 爸爸!!!"

在照片中，越过汹涌的人群，看得到，出车祸的是一辆小轿车，一辆银灰色的小轿车，一辆银灰色的帕萨特。

9

沈建国接到警方的电话后，大吃一惊。

他是在睡梦中被吵醒的，当时他正做着噩梦。在梦中，欧阳梅一会是活色生香的尤物，一会又是腐烂发臭的死尸。一会变成了谢依雪坐在窗台上插花，一会又变成了嘴里吐着蚯蚓戴着墨镜的中年司机。他僵直了颈脖，浑身冷汗。想要叫出声来，却发现自己无法呼吸。

当他惊醒过来的时候，还在庆幸这只是一个梦。可当他听完电话后，全身又僵硬了。他的手一松，电话听筒掉在了地上，听筒里只传来了一阵尖利的忙音。

他怎么也不会想到，吴庆生居然会开着车撞向安全岛上的铁制栏杆。车当场就撞成了变形金刚，不知道为什么，安全气囊没有打开，他当场死亡。

吴庆生开车已经很多年了，当年在内蒙古大草原时，正是因为他背着沈建国在茫茫雪夜里狂奔，救回了他的一条性命后，部队为他记了功，并且选他去学了驾驶。说起来，他的驾龄也有二十多年了，怎么会犯这么低级的错误呢？

沈建国很震惊，他立刻出了帝景大厦，叫了一辆出租车前往事故地点。

当他赶到外环公路时，除了看到围观的人群外，还看到自己的女儿沈晓叶正呼天喊地地哭泣着，满面泪水。旁边有个看上去还算顺眼的男孩搂着晓叶的肩膀安慰着。这个男孩是谁？晓叶在恋爱了？

沈建国有些生气，但是，现在

却不适宜对这事发火，他必须要处理更重要的事。

他阴沉着脸，拍了拍晓叶的肩膀，说："哭什么哭？是你吴叔叔出了车祸，不是你老爸我。"

不等晓叶反应，沈建国已经挤进了人群，找到负责的警察，介绍了自己的身份。

法医小高在工作室里忙碌着，这段时间真是怪异，天气阴霾不说，还出现了各种诡异莫名的事故。就拿今天来说吧，刚收到了一具新的尸体，竟然是车主莫名其妙在宽敞的马路上，一扭方向盘，正面对冲撞到了路边的铁制栏杆。安全气囊没有打开，事主当场死亡。

小高揭开了蒙在尸体头上的白布，看了一眼。这具尸体惨不忍睹，方向盘插进了他的肋骨中，破裂的肋骨直刺进了胃与心脏，伤口外凝结着乌黑的血水，散发着恶臭。

小高熟练地用手术刀划开冰凉皮肤，审视着破碎的内脏。在小高的眼里，这尸体已经不仅仅是一具尸体，而是一件不会说话的证物，会告诉他究竟以前发生了什么。记得以前看过一本国外的推理小说，同时也是一本法医学的专著，名字就叫《尸体会说话》，是美国一个很出名的女法医所写。在书中，那位让人尊敬的女法医对所有从事法医的人们说的一句话：

尸体，不会说话，但是你却要试图找到其中隐藏着的信息。尸体摆在这里，不能动，更不能改变它的状态，而你要做的，就是找出正确的线索，不要被假象所迷惑。你的努力，正是为了揭开迷团，找出真相，为尸体讨到说法。

小高一直都遵循着这句话的精神，努力进行着自己的工作。

毫无疑问，这只是一场车祸。可是这车祸又是怎么发生的呢？外环公路车少路宽，汽车行驶的速度一向很快。那辆银灰色的帕萨特是2001年出厂的，据说车况良好，可安全气囊却没有打开。

安全气囊在1952年就取得了全球专利，但在应用推广中经历了几上几下的波折，足足走过了三十多年的漫长路途。直至1995年，全球的汽车生产商才被强制要求必须在每辆轿车上安装气囊。

时速60公里每小时正面冲撞，其发生时间只有0.1秒，而安全气囊会在汽车碰撞0.01秒的时候开始微处理器工作，0.03秒内启动点火装置，0.08秒内向外膨胀，0.11秒的时候完全涨大。如果安全气囊顺利工作，这个车主就会拣回一条性命。

可为什么安全气囊没有膨胀呢？小高隐隐嗅出了一点罪案阴谋的味道。

检验尸体血液内的酒精含量是一件必须的事，这可以知道主是否酒后驾车。

小高将针管刺进尸体颈部的静脉中，缓慢抽出了一管乌黑的血液，然后注射在了一支试管中。

他滴入了指示剂，颜色并没有变化。看来这个叫吴庆生的倒霉蛋并没有酒后驾车。

小高皱了皱眉头，似乎若有所思。

他踱到工作台边，在抽屉里取出了另一瓶指示剂。

只滴了一滴在试管里，试管中的血液冒了几个微小的气泡。

小高的脸上露出了兴奋的表情。他又多滴了几滴指示剂，试管里的血液开始翻滚了起来，像是沸腾的开水。

小高一拍脑门，咧开嘴，露出了干净的牙齿。

他又回到了尸体身旁，在尸体的不同地方血管抽取血液样本，注射在试管中滴入指示剂进行观察。

他在纸上不停作着记录，一直忙碌了一个多小时后，终于长吁一口气，拾起了电话，拨给周渊易。

“什么？在吴庆生的体内发现了A物质的残留物？”周渊易大叫。

小高点了点头，继续说：“这A物质的残留物很微量，如果不注意，根本不会往那个方向去考虑的。我只是因为最近这两具尸体都发现了A物质，多了个心眼滴了指示剂，否则也不会发现的。不过，吴庆生体内的A物质有个很奇怪的地方……”

“是什么？”

小高喝了一口水，眨了眨眼睛，说：“我在尸体的各个部位都抽取了血液样本进行检测，最后得到了一个令人费解的结果，那就是血管的A物质含量都很低，几乎不会对身体产生任何的不良反应。不过，有个部位的A物质含量就很高了，浓度超过了身体其他部位的很多倍。可以肯定，A物质就是通过那个部位给药进入体内的。”

“哦?！是什么部位？”

“眼睑。”

眼睑？A物质是通过眼睑进入吴庆生体内的？这是什么意思？说明了什么？周渊易不解地望向了小高。

“不要这么含情脉脉地看着我，我见了心里瘆得慌。”小高打趣道，但随即恢复了严肃的神情，继续说，“我已经打过电话询问过江都大学医学院的李汉良教授，他告诉了我，A物质除了让心脏瓣膜破裂外，还有另一个不为人知的效用。”

“是什么效用？”

“散瞳！”小高放下了水杯，眼睛直视着周渊易，面无表情地说道。Z推理

（**下期提示**：为什么吴庆生的体内也发现了A物质，他与无头女尸之间有怎样的联系，是谁要将他们置于死地？沈建国能否逃过幕后黑手，晓叶和萧之杰的感情又将如何发展？）

请继续关注《无法呼吸》

惊恐的奶奶

文／七根胡
图／不死鸟

一、雨夜借宿

雨夜，天空划过一道劈雷。

米高伸手敲了敲别墅的大门，里面却没有任何反应。

向华向后退了几步，抬头看着整幢别墅。虽然别墅里没有亮着灯，但透过二层的窗户可以隐约看到有星点儿光亮，似乎有人。

"米高，房里有人。"向华擦了一下额头的雨水。

米高又重重地拍了几下别墅的大门，"您好，请问有人吗？我们的车坏了，雨又这么大，所以想在这里借宿一晚！"

米高的话音刚落，别墅的大门终于打开了，一个瘦弱的女人走了出来。她的脸色苍白，一头短发看起来有些凌乱，上身穿着一件米黄色的长袖衬衫，下身是灰色的西服裙，看起来三十多岁的样子。

女人很不友善地打量着米高和向华，眼中充满怀疑之色。

"您好，我们的车坏了，现在雨又这么大……"向华刚想再说明一下，却被女人打断。

"我们这里不欢迎陌生人，你们去别家吧。"说完这句话，女人立刻将门用力撞上。

米高和向华同时愣在那里。

"这个女的怎么这么凶？这荒山野岭的，去哪找别的人家？"向华不满地发着牢骚。

米高又伸手敲了几下门。

这回开门的是一个比较年轻的女人，秀发披肩，一身素丽的白裙将她娇小的身子包裹得很完美，只不过她的眼中却饱含着晶莹的泪水。

“请问发生了什么事吗？”向华体贴地问道。

“没事，没发生什么事。你们是过路的？”年轻女人似乎很回避。

“没错，我们的车坏了……”

“你们进来吧。”年轻女人不等向华说完，转身朝房内走去。

向华和米高对望一眼，显得很意外，但二人都没说什么，前后脚走进了别墅。

别墅的大厅装饰得很简单，左侧是长桌，右侧则是楼梯，面对大门的墙是一个老式的壁炉，中间摆放着的沙发将茶几围在中间。因为停电，茶几的中间竖着三根蜡烛。

刚才那个三十多岁的女人就坐在右边的沙发旁，在她的身旁还坐着一个看起来三十多岁的男人，他正轻搂着女人。

年轻的女人走到沙发的左侧坐下，抬头瞄了一眼对面的男女，眼中闪过一道怨恨。

米高一切都看在眼里，但他什么也没说，只是面露微笑用感激的语气说道：“谢谢你们收留我和我的朋友。”

“你不应该让他们进来。”三十多岁的女人似乎很生气。

“我愿意让谁进来就让谁进来！”年轻的女人也不示弱。

“小雨，你怎么能这么跟嫂子说话！”男人似乎有些按捺不住，大声喝斥道。

“大哥，你就知道维护嫂子，根本不在乎我这个妹妹！”

“小雨，你就这么跟大哥说话吗？你真是越来越不像话了！”男人似乎想发作，就在这个时候有人突然发出一声冷笑。

米高和向华抬头望去，却看到楼梯上站着一个年轻帅气的男人，上身穿着一件红色的T恤，下身是深蓝色的仔裤。

“大哥、大嫂，你们不要总是枉自称大！”

被称作大哥、大嫂的那对男女脸色很难看，“小磊，难道你也是目无尊长！”

被称作小磊的男人从楼梯上缓步走到沙发上冷眼瞄了一眼大哥、大嫂，又瞄了一眼被称作小雨的女人，什么话也没说走到背靠着壁炉的沙发上一屁股坐下，点着烟抽了起来，用一种不屑的目光在米高和向华身上打量。

“我叫张磊，是这家的老二，他们是我大哥大嫂，张强和李燕，那个是我小妹张雨，欢迎你们来做客。”做完简单的介绍，张磊猛吸了一口烟，仰躺在沙发上皮笑肉不笑地看着天花板一言不发。

张强看着张磊的样子，无奈地摇着头。

米高有些尴尬，看来这家人并不怎么团结，为了打破这种尴尬，米高友好地问了一句："请问洗手间在哪?"

张雨抬头看着米高，眼泪还在眼眶中打转，但看得出来她在尽量控制，"就在楼梯旁。"

"谢谢!"米高微笑地走到楼梯旁，向华则走到正对壁炉的沙发上坐了下来。

米高一走进洗手间就松了口气，这种郁闷的家庭场景再加上外面的风雨交加真是让人透过不气来，他真希望自已临出门前能发现汽车的毛病，那么现在他和向华已经到达了目的地，也许此时正在洗热水澡。

米高走出洗手间的时候，看到向华正在跟张家兄妹侃侃而谈，而张家兄妹却似乎并不领情，没有一个答话的。

米高不禁失笑。以向华的乐观性格，在任何场合，他都能笑对人生，这种人生态度真是值得米高学习。米高正打算走过去的时候，却感觉楼梯口处似乎有人，他猛地转过头，看到二楼的楼梯口处冒出了一个小女孩的头。胖嘟嘟的脸庞再加上微卷的头发，让她看起来就像一个洋娃娃。不知是哪来的兴趣，米高慢慢地走上了二层。

"你叫什么名字?"米高蹲在女孩面前友好地问道，同时他看到了女孩手中紧抱着的棕黑色小熊。小熊很可爱，只是脑袋有些晃动。

"我叫婷婷。"女孩怯生生地看着米高。

"你怎么一个人躲在这里?"女孩很可爱，米高不禁在她粉嫩的小脸上掐了一下。

"奶奶不理我。"婷婷委屈地说道。

"奶奶?"米高望向了二层，走廊很长，房间分立两边，因为只有墙上挂着的几根烛灯，所以显得有些阴森恐怖，"你奶奶在哪?"

"在那间房里，可是奶奶就是不理我。"婷婷嘟着嘴说道。

"噢?我陪你去见奶奶?"米高是这么想的，今晚在此借宿，怎么也要跟这房里的人都打一下招呼，这也算是一种礼貌。

婷婷听到米高这么说很高兴，拉着米高的手说道："我带你去见奶奶。"

米高微微一笑，任凭婷婷拉着向前走，当走到第三个房间时，婷婷回头看着米高，道："奶奶就在里面，"说完这句话，婷婷推开了房门，"看，奶奶就睡在那。"

米高望向房内，但就是这一望，却让米高大惊失色，而与此同时，米高的身后传来一声怒吼："谁让你进来的!"

二、别墅凶案

米高一直在观察着房间的每一个角落。

床头是靠着西面的墙。

婷婷的奶奶头朝东反躺在床上，双脚被两股麻绳死死地拴在床头。脖子上勒着几根鱼线，鱼线的另一头穿过床尾拴在了窗户的把手上。

婷婷的奶奶眼睛惊恐地望着天花板，双手像鸡爪一样死死地抓着胸前的衣服。舌头已经从口中伸了出来。

“你们这里有凶杀案，怎么不报警！”向华此时的脸色看起来很难看，他生气地吼道。

“电话……打不通……估计是下雨……”张雨的话还没说完，就被张磊打断。

“你少胡说，电话线明明是有人剪断的！”张磊愤愤地叫道。

张雨还想说什么，但却最终没有说出口。

“妈可真惨，竟然会惨死在自己孩子的手中！”李燕不冷不热地冒出一句。

“你说谁杀死了妈！”张雨突然歇斯底里地叫着。

“我说谁，谁心里明白！”李燕却不紧不慢地说着。

“你说是妈的孩子，那大哥也是！”张雨怒吼道。

“好了！事情没弄清楚之间别在这叫嚷，让人笑话！”张强终于忍不住嚷嚷道。

“你当然不着急了，你是家中的长子，妈被杀死，也没留下遗嘱，你就可以多拿些遗产！”张磊冷笑地靠在门框上说道。

“臭小子，你再这么说，别怪我这当哥的教训你！”

“想动手？可以啊，你还未必是我的对手！”张磊立起身子冷冷地瞪着张强。

“你们能不能先别吵了，现在最主要的是弄清楚你们的母亲是怎么死的，最重要的是要查出凶手！”向华再也看不下去，大声喝道。

所有的人都安静下来。

此时，米高清了清嗓子，平静地说道：“我叫米高，我的朋友叫向华，我们是私家侦探，很高兴认识你们。”

所有的人都惊讶地望向米高和向华。

米高的脸上却仍然保持着平静微笑，“我想为了查出凶手，也为了让你们的母亲死得安心，接下来我们挨个问你们一些问题，希望你们配合。”

一层大厅。

米高安静地坐在沙发的东侧，向华则拿着一个本子坐在米高的身旁。

坐在二人对面的张强夫妇看起来显得有些紧张。

“你们不要紧张，只要说实话就成。”米高这句话算是对他们的安慰。

“你想知道什么?”张强轻搂住李燕的细腰问道。

“你们什么时候发现你母亲出事的?”米高问。

“大约是……”张强想了想，“就是在你们敲门之前。”

米高看了一眼向华。

“我记得那个时候应该是九点四十五分。”向华给了米高一个准确的答案。

米高微微点点头，继续问道：“你们最后见你们的母亲是什么时候?”

“吃过晚饭我和老公就回房间了。”李燕说道。

“大概是什么时间?”米高追问。

李燕想了想，道：“八点多，不到九点的时候。”

“你们一直呆在房间里吗?”

张强和李燕同时点头。

“你们的房间是第几间?”

“二层走廊尽头。”张强道。

“在你们回房间到你们母亲出事之间有没有听到什么声音?”

张强和李燕互相看了一眼，都摇了摇头。李燕说道：“我听到了小雨的尖叫，跑出来就看到妈出事了。”

米高没有再问什么，“谢谢你们的配合。”

米高上下打量着张雨，她看起来弱不禁风，脸色显得很憔悴，她看起来是这里最伤痛的人。

“你最后什么时间见到你母亲的?”米高问道。

“大概是九点半左右。”

“你记得这么准确?”向华停笔抬头问道。

“嗯，因为当时我妈想吃水果，让我去厨房拿，我就去了，在厨房的时候我抬头看了一眼墙上的表，刚好是九点半的时候。”

“后来呢?”向华接着问道。

“后来我洗完了水果就拿上去了，结果我妈就……”张雨说到此，不禁哭了起来。

“你到了二层没看到什么吗?”

张雨猛地抬起头，道：“我看到我二哥，他当时就站在我妈门口，见我上去，他就走了！我当时还奇怪，他怎么走得那么快。”

“是张磊?”米高歪着头做出一副思索状。

“对，就是他，他一定有问题！他一直以来无所事事，就是一心想要我妈的家产，一定是她逼迫不成起了杀机！”张雨恨恨地叫道。

“在事情没有查清楚之前，先不要妄下结论，我们会找出真凶。”米高保证。

张磊坐在米高和向华对面的时候，表现出一副吊郎当的样子，似乎根本没有受到母亲死亡的影响。

“你爱你母亲吗？”米高换了一个话题。

“我爱不爱她不重要，但是我却很喜欢她的钱，没有她的钱我就没法享受。”张磊的直接回答倒是让米高和向华感到很意外。

“你妈死的时候，你在哪？”对于张磊的表现，向华有些不高兴。

“我妈死的时候我在我房里。”张磊边说边跷起了二郎腿。

“不过你妹妹说在走廊里见过你！”米高不经意地问了一句。

“这个死丫头，就是想把我往死里整！”张磊气得骂了一句。

“是？还是不是？”米高继续追问。

“没错，我是去过我妈那，不过我没进去，本来我是找妈谈家产的事，不过却听到她房里有别人的声音，所以我就没进去。”

“你在外面偷听？”向华问。

“我不喜欢偷听这个词，这个家是我妈的也是我的，我有权听。”

“这些不关我们的事，我们只想知道你听到的房间里和你母亲说话的人是谁？”米高继续问道。

“是我大哥。”张磊冷笑道：“他正在跟我妈谈家产的事情，我就知道他想独吞。”

“你大哥？”米高想起了张强和李燕说的话，他们说当时就在自己的房间里，难道他们在说谎？

三、奶奶做的小熊

米高和向华再次对张强和李燕做了口供，发现二人说的话跟之前的一样，似乎也找不出什么破绽，到底是张强和李燕在说谎，还是张磊在说谎？还有，张雨洗水果用得了十五分钟吗？这时间似乎也太长了？似乎每个人都有可疑。

向华在一层大厅的沙发上睡着了，米高却怎么也睡不着，就在这个时候他又看到了婷婷，她同样也没睡，而且此时正抱着小熊坐在二层的楼梯口冲着他微笑。米高起身走到婷婷身旁坐下。

“这么晚了，怎么还不睡？”

“游戏还没玩完呢。”婷婷边说边摆弄着手中的小熊。

“游戏？”米高不知道婷婷在说什么。

“奶奶刚才说跟我玩捉迷藏，可是现在她还没找到我呢。”婷婷笑得很甜美。

米高看着天真的婷婷不禁轻叹一声，但随即又一愣，问道：“奶奶什么时候跟你玩的捉迷藏？”

“就是你们来之前。”

“那个时候，奶奶在干什么？”

孩子通常是最会说实话的，所以米高接着问道。

“奶奶给我做了小熊。”

“是这个吗？”米高指着婷婷怀中的小熊。

婷婷点头。

“奶奶把小熊给了你之后呢？”

“她让我去把小熊藏起来，如果她找不到，我就可以得到一个大熊。”婷婷开心地笑道，根本不知道她永远也得不到大熊，或许以她这么小的年纪还不知道死亡是什么。

“然后，婷婷就去藏小熊了对吗？”

“是啊，我就把小熊藏起来了，不过奶奶根本不知道我藏在哪了，呵呵”婷婷开心地笑着。

“看来婷婷一定是藏在一个非常保密的地方。”

“我就把小熊藏在了奶奶的床下，结果奶奶一点儿也不知道。”婷婷的话音刚落，小熊的脑袋就掉在了地上，婷婷吓得轻叫一声。

米高赶紧捡起了小熊脑袋，“没关系，我帮你缝……”米高突然停下来，从婷婷手中接过小熊看了一眼，“这…….”米高抬头看向婷婷，“奶奶经常给你做小熊玩具吗？”

婷婷点头。

“每次都跟你玩藏小熊的游戏？”

“是啊，不过奶奶每次都找不到我。”婷婷得意地笑着。

“那么……你每次都将小熊藏在奶奶的床下？”

“嗯，是啊，不过这次奶奶让我保存好这只小熊。”

米高闭上了眼睛，现在他已经胸有成竹了。

米高将所有的人都召集到婷婷奶奶的房间，他说自己已经找到了凶手，就连向华都有些摸不着头。

“你说找到了凶手？”张强迫不及待地问道。

“凶手到底是谁？”张磊看看张强又看看张雨然后问道。

“是谁杀了我妈？”张雨几乎要冲到米高的面前。

米高脸上挂着一丝玩味的笑容，当所有人都发表了他们的问题后，米高突然说道：“凶手就是……她！”米高指向了一个人。

所有的人都愣住了，他们都没想以米高指的人会是她，因为那个人偏偏就是死去的婷婷奶奶。

“你在说什么？她明明是被谋杀的！”李燕忍不住问道。

“没错，她是谋杀的，她是被自己谋杀的。”米高淡淡地说道。

“什么！”张强失声叫出来。

“怎么可能？”李燕根本不相信米高的推论。

“你在这瞎编什么故事！”张磊耸耸肩，一副蔑视的表情。

“我妈她……”

“我想你们的母亲这么做就是为了惩治你们一下，她并不想真的让你们成为嫌疑犯。”

米高走到婷婷身旁，伸手拿起婷婷手中没有头的小熊，说道：“真相就在这里。”说完，米高伸进了小熊体内，按下了某样东西，紧接着小熊身体内传出了一个苍老的声音。

“当你们找到这个的时候，你们的清白将会被证明。”

“是妈……”张雨失声叫道。

“别出声，继续听。”张磊示意。

所有的人都静下来，大家都在认真聆听来自小熊身体内传出来的母亲的声音。

“我老了，早晚有一天是要离开你们的。本来我想着你们长大了，我就可以松口气，好好过后半辈子，可没曾想你们一个个都是狼子野心，一心想要谋夺我的家产，根本不想抚养我这个老太太。我不知道自己上辈子造的是什么孽，生了你们三个没人性的孩子，我不如死了算了！”

向华不禁摇了摇头。

“我就是死也不能便宜你们，所以我决定做一个谋杀的现场，我要让警方怀疑你们，让你们深陷困境，让你们得到教训！”

“太狠了！”张磊气得大骂。

“闭嘴！”向华忍无可忍大声喝斥，张磊本想再说一句，却又被向华的话咽了回去，“你他妈还是人吗？你妈都被你们气成这样了，还在这张牙舞爪！”

张磊顿时像泄了气的皮球不再说话。

“我先将电话线切断，然后将自己捆在床上，准备将事先拴在窗户上的鱼线勒在自己的脖子上，这就是我的安排，我相信警方一定会认为我是被谋杀的，那么你们几个都有嫌疑。或许我会死得很痛苦，但我却很开心，不用在在这世上受罪了，再见，我的孩子们！希望我的死能让你们清醒！”

苍老的声音结束了，但随即就传来了开门的声音，紧接着是张雨与母亲争论的声音，张雨气得离开，随后又传来张强质问母亲遗产的声音，最后又是二儿子张磊与母亲争论的声音……

米高已经听不下去了，他将小熊放在尸体旁，拉着向华离开了。

他们每一个人都在说谎，每一个人都在为遗产去逼已经准备自杀的母亲，但凡哪个孩子在母亲准备自杀前说句软话，或许这位老母亲也不至于做出这样的事情，可惜……

米高在想自己是否应该提前告诉他们真相，是否应该让他们受些惩罚，但是米高又在想，母亲的这个留言或许是对孩子们最好的惩罚。Z推理

梦游杀人事件

MENGYOUSHARENSHIJIAN

文/卓曦同
图/不死鸟

一

上海的夏日炎热异常，下午四点钟的时候阳光依然猛烈，从门口那两扇透明的玻璃大门照进公安局里。

刑侦队长顾潜鳞和警员林东从门口走进来，站在空调前，一个劲地猛吹。身上的汗水还没有干透，玻璃大门忽然又被推开了，一个中年男人从门口跌跌撞撞地闯进来。

顾潜鳞和林东的目光顿时都被吸引了过去。

中年男人大约四十岁出头，一身轻薄的睡衣上有斑斑血迹，神情慌张，脸色苍白得骇人！

顾潜鳞立即走上去一把将那人扶住，让他在旁边的椅子上坐下，问：“先生，你出了什么事？”

中年男人喘了半天，终于说出了一句话：“我……我杀人了，我是来自首的！”

顾潜鳞微微蹙眉，等着他继续说下去。

中年男人说：“我杀人了，我杀了我妻子！”

二

四点十五分，审讯室。

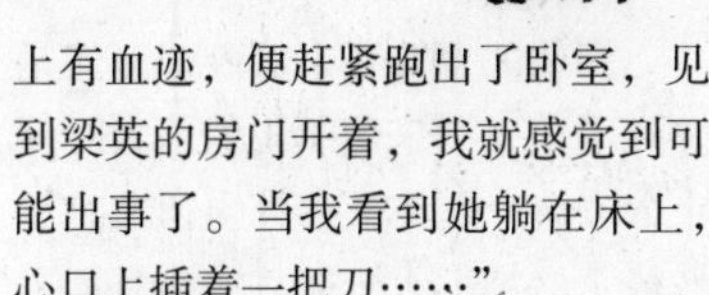

林东望着神色委顿颓废的宋黎，大声问："你为什么要杀死自己的妻子?"

宋黎就是那个自首的中年男子："我不知道，我真的不知道。我很爱她，我从来都没有想过要杀她!"

林东皱了皱眉，再次喝问："究竟是怎么回事，你不要吞吞吐吐的，赶快老实说出来!"

宋黎声音哽咽地说："都是我害了她，是我害死了她!"

宋黎接着说："我有梦游症，是从小就有的，治疗过很多次但始终没有效果。可是我实在没有想到，我竟然会在梦游的时候杀死了自己的妻子!"

"梦游杀人?"林东喃喃地说。

宋黎说："其实梁英前阵子就发觉我的情况很不对劲。几次我醒过来的时候，她都告诉我，我半夜梦游的时候会把厨房的刀拿在手里，然后在卧室里转悠。"

梁英就是被宋黎杀死的妻子。

林东埋头做记录，宋黎的神色愈加悲戚，说："为了防止自己在梦游的时候伤害到她，我把家里所有的刀子都藏了起来，而且还提出，让她回娘家去住一阵子。可是她不愿抛下我，执意不肯，我只好同她分房睡，还督促她半夜睡觉时要锁好门。可是没想到，今天可怕的事情还是发生了。中午过后，我们各自回房间午睡，我醒来的时候已经是三点半了。起身时看到睡衣上有血迹，便赶紧跑出了卧室，见到梁英的房门开着，我就感觉到可能出事了。当我看到她躺在床上，心口上插着一把刀……"

宋黎的声音因为哽咽而中断了，半晌才痛苦地说："是我杀了她，是我杀了她！你们拿我去偿命吧，我该死!"

林东好不容易将宋黎的话都记录完了，抬头问："你明知道自己有这样危险的病症，为什么没有及时进行治疗?"

"有，有的。"宋黎说："自从梁英发现我梦游拿刀之后，我就一直在进行精神治疗!"

林东接着问："你是在哪家医院治疗的?"

宋黎说："是市第一精神病医院，我的主治医师叫陶甘文。"

林东点了点头，说："今天就暂时问到这里，我们会进一步了解案情。你就暂时关押在这里，等一切清楚了，自然会对你有公正的裁夺!"

同一时间，顾潜鳞带着几名刑警来到了宋黎的家。

那是一套三室两厅的房间，装修十分豪华，显然宋黎的经济非常宽裕。

梁英的尸体躺在次卧的床上，心口处插着一柄十分平常的家用尖头厨刀，鲜血流在席子上，还未曾完全干透。

尸体的手臂还未僵硬，显然是才死不久，同宋黎所说的杀人时间十分吻合。尸体面容惊惧扭曲，显然被杀时情形十分突然，而且几乎没有任何挣扎，立刻便毙命了。

顾潜鳞吩咐手下人将尸体送回警察局做进一步尸检。

自己则打开了床边的柜子，柜子的抽屉里放着一本很厚的本子，翻开看了几页，都是梁英生前的日记。

顾潜鳞拿在手里，又到其他几个房间转了转。其中一间是书房，并没有什么异常的地方。另一间是主卧，床上显然刚睡过人，十分凌乱，床头柜上放着半杯喝过的清水。

顾潜鳞巡查了一遍之后，留下几个警员在现场搜集指纹，以及将食物取样带回去化验。

自己则先离开了宋黎的家，打算先回警察局，看看林东审讯的结果。

他刚走到门口，只见楼道下走上来一个外地青年，脸上颇有愠色，一路骂骂咧咧的。

顾潜鳞叫住了他，问："你是什么人？到这里来干什么？"

青年显然颇有怒气，没理会他，只是嘟嘟囔囔地说："你是什么人，我干什么关你什么事情！"

顾潜鳞说："我是这里公安局的刑侦队长，你说关不关我的事？"

青年立即软了下来，说："我……我又没犯法，我就是来送外卖的。"

顾潜鳞看到他手中的快餐盒，又问："送外卖为什么一路骂骂咧咧的？"

青年说："您不知道，今天下午就有个人叫外卖，让我送到这楼里，可是送过来了又没人在，害我白跑。这回又送到楼上一户人家，经过这里，所以骂了几句。"

顾潜鳞点了点头，说："原来是这样。"

顾潜鳞随口又问了一句："下午你送的那家，是哪户人家？"

青年一指宋黎隔壁的那家的门，说："就是这家。"

顾潜鳞又点了点头，说："好了，没事了，你去吧。"

然后便独自下了楼，开车回到了公安局里。

下午五点十分，顾潜鳞回到公安局的时候，林东已经在等着他了。见他回来，立刻将一份文件送到他的面前，说："这就是宋黎的口供。"

顾潜鳞看了一遍，说："梦游杀人，这样的案子倒不多见。你觉得他的话可信吗？"

林东挑了挑眉峰，说："说不准，看他的样子倒不像是假的。"

顾潜鳞想了想，说："我刚才看了现场，倒是同宋黎所说的十分相似。梁英死在自己的床上，心口一刀，从死者的表情来看很像是熟睡中被刺，然后惊醒的样子。"

林东说："那看来宋黎并没有

撒谎。”

顾潜鳞摇了摇头，说：“但是有两点我觉得十分奇怪。第一是死者的死相，我们都知道心口一刀虽然是致命伤，但只要刀子不拔出来，应该不会立即就死，可是死者却根本没有从床上爬起来就断气死了。第二是凶器，宋黎在供词上说，他已经将家里所有的刀子都藏了起来，那么他梦游杀人时的凶器是从哪里来的？如果这两点不能得到证实，那么我觉得案子就不能过早下定论。”

林东说：“那我们现在该做什么？”

顾潜鳞略略沉吟，说：“你现在立刻到市第一精神病医院去一趟，去找那个叫陶甘文的医师，了解一下宋黎的病情。尸检和现场取证的工作还在进行，等你回来的时候，差不多也应该有结果了，一切到时候再看吧。”

林东点头，立即离去了。

顾潜鳞望着手边从现场带回来的日记本，一页一页地翻了起来。

晚上七点，顾潜鳞仍然坐在办公室里。他的对面坐着一个穿白大褂的中年男人，这时林东从门口匆匆地走了进来。

顾潜鳞望着他，问：“怎么样，这一趟有没有什么收获？”

林东坐下喘了口气，说：“我见到那个叫陶甘文的医生了，你知道他是什么人？”

顾潜鳞问：“是什么人？”

林东说：“陶甘文是宋黎的亲弟弟。”

“哦？”顾潜鳞说：“你说清楚一点。”

林东说：“陶甘文和宋黎是亲兄弟，只不过一个跟父姓，一个跟母姓。”

顾潜鳞又问：“那陶甘文怎么说？”

林东说：“陶甘文证明宋黎的确从小便有梦游症，而且最近宋黎的确去找过他进行治疗，并且告诉他关于梦游拿刀的事情。”

顾潜鳞点了点头，说：“我刚才看了梁英生前的日记，日记里的确记录了关于宋黎在梦游中经常拿刀的事情。”

林东说：“那看来宋黎所说的应该不假了。”

顾潜鳞没有表态，只是指了指对面的中年男人，说：“刘大夫的尸检结果已经出来了，你也听听吧。”

顾潜鳞对面的中年男人看了看手里的一份报告，说：“死者的死亡时间已经确定在下午一点半到两点半之间，一刀从正面刺入心脏，心脏功能衰竭导致死亡。全身并没有发现任何其它外伤或者内伤，也没有中毒迹象。另外，死者阴道扩张，并且有残留的体液，显然在死亡前不久曾发生过性关系。但死者

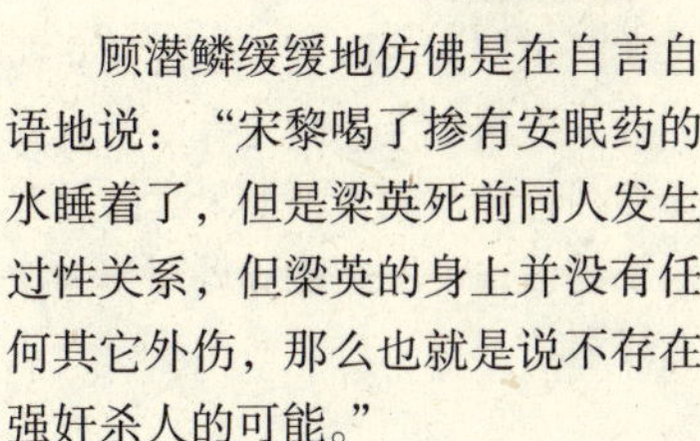

体内并没有发现精液，应该是在性关系过程中使用了避孕套。”

“死前发生过性关系？”林东诧异地说。

顾潜鳞说：“这是不是很奇怪？宋黎如果只是在梦游中杀人倒也罢了，但如果同梁英发生性关系，那就比较奇怪了。而且还使用了避孕套，这简直就是天方夜谭了。”

这时门口又进来了一名年轻警员，走到顾潜鳞面前，说：“顾队长，现场取证报告已经做好了。”

顾潜鳞用目光示意他说下去。

年轻警员看着手中的报告说：“现场勘察结果，杀人凶器是一把普通的厨刀，上面只找到了宋黎一个人的指纹。凶案现场的门窗都没有损坏的痕迹，所以不存在入室作案的可能，而且现场除了宋黎和梁英之外并没有发现第三者的指纹。在宋黎床头柜的半杯水里发现了安眠药的成分，杯子上只有宋黎一个人的指纹，但是在杯口上并没有发现唇纹。其他便没有什么特别的地方了。”

年轻警员才说完，林东已经迫不及待地开口了：“安眠药？难道宋黎在午睡之前已经喝了掺有安眠药的水？那么杀人的恐怕就不是他了！”

顾潜鳞依然没有表态，他向那年轻警员问：“在现场有没有发现使用过的避孕套？”

年轻警员摇头，说：“没有，垃圾桶里并没有发现这样的东西。”

顾潜鳞缓缓地仿佛是在自言自语地说：“宋黎喝了掺有安眠药的水睡着了，但是梁英死前同人发生过性关系，但梁英的身上并没有任何其它外伤，那么也就是说不存在强奸杀人的可能。”

林东大叫着说：“不错，梁英一定是在外面有情人。今天将宋黎弄睡着之后便在家里幽会，可是不知为什么那个男人却杀了梁英，便将现场布置成宋黎梦游杀人的样子，让宋黎来顶罪！”

顾潜鳞扭头又向那年轻警员问：“你有没有向隔壁的人家询问过关于宋黎一家的情况？”

年轻警员说：“问过了，隔壁几户人家都说宋黎一家平时很少与人来往，就算是邻居也很少说话。来访的客人更是极少，几乎就是没有。”

顾潜鳞喃喃地说：“宋黎就算服用了安眠药，也不过只是睡几个小时，梁英要与情人幽会也不该选在家里。而且凶手为什么没有将掺有安眠药的水清理掉，反而留下了这么大的一个破绽。还有，宋黎梦游拿刀的时候又是怎么回事？梁英的日记里也有记载，并不是宋黎在撒谎。”

林东这次却没有说话，因为他也答不上来。

顾潜鳞忽然抬头向林东说：“我今天从现场出来的时候，看到一个送外卖的外地青年，他说下午的时候也到那栋楼里送过东西，而

且就是宋黎家的隔壁。你现在立即去查一下这个人，问他有没有看到什么神色异常的人，如果真的另有凶手的话，说不定能够得到一些什么线索。”

晚上八点三十分，林东赶回到公安局，兴冲冲地来到顾潜鳞的办公室。

顾潜鳞一见他的表情，便知道一定有所收获，问：“是不是不虚此行？”

林东兴奋地点头说：“恩，我找到那个送外卖的青年了，而且他真的看到了那个从宋黎家出来的人，非但看到了，而且我还知道那个人是谁了！”

“哦？”顾潜鳞显然也没有想到他这一趟竟会有那么大的收获。

林东说：“我已经把他带来了，就在门口，我让他自己跟你说。”

顾潜鳞说：“那就快叫他进来！”

林东又退出去，从门外领进一个人，正是顾潜鳞下午看到的那个外地青年。

青年见到顾潜鳞，似乎紧张得都不敢说话了。

林东推了推他，催促说：“你快把刚才对我说过的话再说一遍！”

青年这才开始说：“今天中午的时候有个人打电话到我们店里叫外卖，让我两点的时候送到那个地址。我到的时候大概是两点过两三分钟的样子，上楼的时候我就看到一个三十岁样子的男人从楼上走下来，神色看上去很匆忙，一闪身就从我身边过去了。过去的时候我手上的袋子不小心蹭到了他的白衬衫上，留了些油迹，我本来想告诉他的，可是又怕他让我赔钱，所以就没说。”

顾潜鳞望了望林东，他显然听不出有什么地方可以证明那个男人的身份。

林东向青年问：“那块油迹在什么地方？”

青年说：“就在后腰的地方。”

林东得意地对顾潜鳞说：“我今天去找陶甘文的时候，就发现他衬衫的后腰上有一块油迹，而且我问了这小子，那个人的身材样子都同陶甘文一模一样。我刚才还用外面的电脑从网上找到了市第一精神病医院的医生资料，里面有陶甘文的照片，证实里那个人就是陶甘文！”

顾潜鳞摸着下巴，说：“陶甘文，你说陶甘文就是梁英的情人，而且就是他杀死了梁英，嫁祸给宋黎？”

顾潜鳞又问那青年：“你看到那个男人的时候，他手上有没有带包？”

青年想了想，说：“没有，我记得他手上并没有带包。”

顾潜鳞向林东说：“那么凶器的问题还是没有解决？宋黎说已经把家里的刀具都藏起来了，那么杀人的刀是从哪里来的？”

林东说：“可能是陶甘文带去

的，他一开始就想好了要杀死梁英，所以就带了刀去。”

顾潜鳞摇着头说：“第一，陶甘文没有带包，现在是夏天，身上衣服少，要藏这样一柄刀而不被梁英发觉，这并不容易。第二，我还是不明白，为什么他们要选这样一个时间在家里幽会。如果宋黎不在家，倒也罢了，既然宋黎在家，他们为什么一定要冒险在家里幽会？”

顾潜鳞又说：“还有，宋黎究竟有没有梦游拿刀的病症呢？”

林东说：“一定是没有的！一定是陶甘文怂恿梁英去骗宋黎，还在日记本上记录了不存在的内容，这样就能让宋黎自己和别人都相信梦游杀人这回事。陶甘文是有预谋的杀人！”

顾潜鳞依然摇头，说：“陶甘文怂恿梁英这么做，总要有一个理由，否则梁英也不是傻瓜，未必就会照他说的做。”

林东瘪了瘪嘴，显然他也觉得自己的说法有些牵强，但他依然不死心，说：“可是陶甘文有杀人的动机！”

顾潜鳞示意他说下去。

林东说：“宋黎这两年生意一直做得很好，算上公司的资产，现在少说有上千万。而宋黎和陶甘文的父母在三年前便双双死于车祸，梁英又是孤儿，只要伪装成宋黎杀了梁英，那么宋黎一定会被送进精神病医院，少说要待上几年。而陶甘文就是宋黎所有财产的惟一合法管理人，经过几年的时候，将宋黎的身家全都转移到他自己的名下，并不是一件太困难的事情。”

顾潜鳞一直静静地听他说完，仿佛若有所思。

许久，他才缓缓地说：“我倒有一个想法，或许可以解释一切。”

林东望着他，目光似乎有些灼热了起来。

顾潜鳞徐徐说：“我觉得梁英的确是在骗宋黎，宋黎的确一直有梦游的病症，但拿刀杀人则全是一派谎话。而梁英的真正目的，其实是要杀死宋黎。”

顾潜鳞继续说：“梁英让宋黎相信自己在梦游的时候有拿刀杀人的意向，然后便会去找陶甘文就诊，自然会留下记录。而她又在日记上写下这些事情，旁人自然就更加深信不疑，今天她约陶甘文到家里来，就是要杀死宋黎的。先让宋黎服下安眠药，然后再同陶甘文一同将宋黎搬到自己的卧室，将宋黎杀死，之后只要将现场布置成宋黎梦游时要杀她，她出于自卫将宋黎杀死，那么就无须承担任何刑事责任。那么宋黎的所有家产自然就到了她的名下，以后便可以名正言顺地同陶甘文双宿双栖了。”

林东似乎已经所有顿悟，接着顾潜鳞的话说下去：“所以那柄刀也是梁英自己事先准备好的。可是梁英却万万没有想到，陶甘文竟然

想独吞宋黎的家产，出其不意将她杀死了，并且顺理成章地嫁祸给宋黎。而且对此宋黎自己也完全深信不疑了。”

顾潜鳞点头。

林东说：“那我们现在该怎么办?”

顾潜鳞大声说：“你立刻带着人，逮捕陶甘文!”

晚上九点三十分，陶甘文被带到了审讯室。

顾潜鳞和林东坐在他的对面。

顾潜鳞直截了当地向陶甘文问：“你同梁英背着宋黎私下通奸已经有多久了!”

陶甘文先是一怔，但神色立即萎靡下来，回答说：“已经有一年多了，我知道我对不起哥哥，可是……可是我真的很爱她，我控制不住自己。”

顾潜鳞又问：“今天下午你是不是到过梁英和宋黎的家?”

陶甘文竟丝毫没有否认：“恩，我的确去过那里。”

林东立即大声喝问：“是不是你杀死了梁英，嫁祸给宋黎?”

陶甘文先是一愣，立即说：“不，不是的！我没有杀人！我到那里的时候梁英她已经死了!”

林东断喝：“你还不承认吗！有人看到你今天下午两点出头的时候，神色慌张地从宋黎家走出来!”

陶甘文赶紧说：“我的确到过那里，可是我真的没有杀人!”

这时顾潜鳞接过话，缓缓问：“今天下午你为什么会去那里?”

陶甘文说：“是梁英约我去的，她说有事情找我，所以我就去了。”

顾潜鳞又说：“将当时的情况说得详细一些。”

陶甘文说：“今天上午梁英打电话给我，约我下午两点的时候到她那里去，说有事情跟我谈，所以我就去了。我是有他们家钥匙的，当时我敲门没有反应，便自己开门进去了，结果就在卧室里发现了梁英的尸体。我吓坏了，便立刻跑了出来，然后就直接回了医院里。”

顾潜鳞点了点头，继续问：“前阵子宋黎是不是到你那里去治疗过?”

陶甘文回答：“是的，他来找我的时候精神状态很糟糕，说自己梦游的时候经常拿刀。可是以我对他病情的了解，对于他所说的并不是十分相信。”

顾潜鳞问：“为什么你不相信宋黎会有梦游拿刀的症状?”

陶甘文说：“因为他从小就梦游，但从来没有表现出对人有伤害性，这样突然的变化是很少发生的。而且经过我几次对他的治疗，也并没有发觉他的梦游症状会带有攻击性。”

顾潜鳞“恩”了一声，说：“那么你有没有将自己的看法告诉他?”

陶甘文说："我说了，从一开始我就把自己的看法告诉他了。"

顾潜鳞又问："那么宋黎有什么反应?"

陶甘文说："他似乎对自己的症状深信不疑，而且越来越坚信，对此我也很无奈。"

陶甘文又说："请你们相信我，我真的没有杀人!"

顾潜鳞又问："梁英有没有对你说过宋黎梦游拿刀的事情?"

陶甘文说："没有，她从来没有提过。但我倒是提过两次，但她好像丝毫不在意，也不愿意多说，总是叫我放心。还说她会想办法离开我大哥，然后跟我在一起。"

顾潜鳞略略想了想，说："委屈你先在这里等一下，过一会儿我再来问你话。"

不等陶甘文回答，他已经拉着林东走出了审讯室，只留下两个年轻警员看守他。

林东似乎有些不解地向顾潜鳞问："难道你相信他的话?"

顾潜鳞不置可否，沉思了许久，才向林东说："我想跟宋黎谈谈，你立刻把他带到另一间审讯室去，我在那里等你。"

八

宋黎的神情依然委顿颓废，他看到顾潜鳞的时候目光中已没有一丝神采，苦涩地说："顾队长，梁英是我杀死的。我认罪，你不用再审问了，直接带我去定罪就行了。"

顾潜鳞微微一笑，说："就算要定罪，有些问题还是要问清楚的，否则程序上是过不去的。"

宋黎神色更苦了，说："那你有什么要问的，就赶快问吧。"

顾潜鳞让他在椅子上坐下，说："你的主治大夫陶甘文是你的亲弟弟?"

宋黎点了点头，说："是的，他是我弟弟。"

顾潜鳞又问："那么他对于你的病情有什么看法?"

宋黎说："他总是不相信我说的话，还一直劝我不用担心，一定不会有事的。可就是因为这样，我才错杀了梁英。我对不起梁英，早知道我就不应该相信陶甘文的话，无论如何也要将她送回娘家去了。"

顾潜鳞点了点头，问："你怨恨你弟弟吗?"

宋黎摇头，说："梁英是我杀死的，我能怨恨谁呢，其实陶甘文也只是想安慰我，他也没做错什么。"

林东叹了口气，看来宋黎丝毫都不知道陶甘文与梁英有染的事情。

顾潜鳞微笑着说："我现在找你来，就是要告诉你两件事情。"

宋黎问："是什么事情?"

顾潜鳞说："第一件事情是关于梁英的死，杀死梁英的凶手的确是你，这一点我们已经证实了。"

宋黎的目光微微一颤，但随即又恢复了正常。

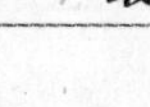

倒是林东惊诧地望着顾潜鳞。

顾潜鳞摆手示意他不要说话，自己说下去："但是有一点却与你说的不同，你并不是梦游杀人，而是有预谋的谋杀！"

顾潜鳞的声音陡然严厉起来，宋黎顿时全身一抖，说："不，不是这样的，我很爱梁英，我怎么会谋杀她！"

顾潜鳞慢慢地说："因为你发现你的妻子同别的男人有染，而且她已经动了要杀你的念头，所以你便杀了她，并且嫁祸给她的情人，正好一石二鸟。"

宋黎没有说话。

顾潜鳞继续说下去："虽然我不知道你是如何得知梁英在外面有了情人，但有一点我却可以肯定，你早就知道梁英说你梦游杀人是假的。而且你已经猜到了她会杀你，所以早已经对他有了防备。"

宋黎还是没有说话，但目光已经有一些闪烁了。

顾潜鳞说："而今天就是梁英决定要杀你的日子。你一定是偷听了梁英约情人下午两点到家里来的电话，并且发现了她偷偷带进家里的刀子。而且你也并没有喝下她给你的那杯掺有安眠药的水，反而骗梁英自己喝了下去，就在她的情人来之前，你同睡着的梁英发生了性行为。当然，你给她喝的水一定是稀释过的，所以没过一个小时她便醒了过来，你趁她刚刚醒来的时候一刀将她杀死。因为那个时候她体内的药物已经挥发得差不多了，即使做尸检也不容易被发现。"

顾潜鳞停了停继续说："我们都知道，刀子刺入心脏并不会马上就死，但那时梁英初醒，身体还是软的，所以才一直都没能从床上爬起来。之后你将剩下的那半杯掺有安眠药的水放在自己的床头，并且擦掉了上面的指纹，假装睡着了。两点钟的时候，梁英的情人准时赴约，发现了梁英的尸体，自然会仓皇逃走。而你早已经做好了准备，就是那个不存在的外卖，你让送外卖的人两点到这里，正巧能够碰上梁英的情人。而我们在看到那半杯水和发觉梁英死前发生过性行为之后，必然会将嫌疑转移到梁英的情人身上，这时候那送外卖的人自然就成了最好的人证。"

宋黎忽然冷笑了一声，讥诮地说："顾队长，你的想像力还真是丰富，如果去写小说的话，一定会很成功的！"

顾潜鳞并没有理会他的嗤笑，接着说下去："你的计划的确很出色，很周到。但是你绝没有想到的是，正是你留下的两点洗脱你嫌疑的证据，却让你的计划彻底现行了！"

宋黎望着顾潜鳞，但脸上的冷笑已经消失了，只剩下惊异。

顾潜鳞说："第一，那只杯子上梁英的指纹的确是被你擦掉了，并且留下了你自己的指纹，但是你

也把唇印擦掉了，也就是说这只杯子上只有指纹，但没有唇印，所以你根本没喝那杯水。第二，你同梁英发生了性行为，这本来是最让我起疑，并且将嫌疑从你身上转移的原因。可是你却忘了一点，梁英的情人两点到你家，离开的时候被送外卖的人看到，那时侯不过两点过几分，如果只是杀人还说得过去，还要发生一次性行为，那未免太没有常识了。而那个房间里已经没有其他人了，惟一能够做到这一点的，也就只有你了。”

宋黎此刻已经彻底绝望了，整个人仿佛都已经软了下去。

顾潜鳞说：“你现在是不是可以把一切都说出来了?”

宋黎沉默了许久，终于开口说：“其实从一开始我就对梁英的话将信将疑，后来陶甘文也觉得出现这种症状不太可能，所以我就想故意试试她。那天我假装睡觉，半夜里梁英叫我，我也不答应。果然，第二天早上梁英就告诉我，我半夜又梦游拿刀。其实那天我根本没有睡着过。”

顾潜鳞又问：“那你是怎么知道梁英在外面有情人的?”

宋黎说：“其实我一开始也不知道的，可是有一天有一封匿名信寄到我手里，里面是梁英跟那个男人做苟且事情被偷拍下来的照片，而且看上去是从一段录象里截取下来。上面只有梁英的样子很清晰，但却没有那个男人的脸。那封信里还说，对方是私家侦探，如果我希望知道更多的话，可以跟他们联系，但是我按照电话打过去的时候，却是空号。之后的事情便同你说的差不多了，我猜到了梁英要杀我，今天我偷听到她打电话叫那个男人下午两点到家里来，我又在她的床下面找到了刀子，我就知道她们要杀我了。所以我就先下手了，用的方法就是你刚才所说的。”

顾潜鳞轻轻地吐了一口气，缓缓说：“对了，我还有第二件事情要告诉你。”

宋黎显然已经对这“第二件事情”没什么兴趣了。

顾潜鳞说：“我想你一定还不知道梁英的情人究竟是谁吧?”

宋黎略略点了点头。

顾潜鳞笑着说：“你一定想不到，那个人其实就是你的弟弟陶甘文。”

晚上十点，陶甘文坐在审讯室里，顾潜鳞独自开门走了进来。

顾潜鳞向陶甘文说：“我们已经查明了杀死了梁英的凶手，宋黎已经认罪了，他是有预谋地谋杀了梁英。”

陶甘文虽然洗脱了嫌疑但却没有一丝高兴的样子，眼中只有悲伤的神情。

顾潜鳞慢慢走进他，缓缓地说：“宋黎已经全都交代了他的罪行，那

么你呢？你是不是也该交代了？”

“我？”陶甘文微微一诧，说：“我要交代什么？”

顾潜鳞淡淡地说：“其实你早就知道梁英的计划，但是你故意让宋黎怀疑梁英在骗他，并且把你和梁英的照片寄给他，让他心中起愤，计划杀死梁英。那么就算宋黎因为梦游杀人而无罪，也一定会被关进精神病医院，那么你就是他所有财产的惟一合法管理人，只要假以时日，那些钱也就会顺理成章地转化成你名下的财产。”

顾潜鳞说：“而有一点却超出了你的预计。你本以为宋黎最多只会以梦游杀人为借口杀死梁英，而他为了不留下证明自己蓄意谋杀的证据，自然也不会留下那些照片。但你却没想到，他竟然想出了一石二鸟嫁祸给你的计策，把你也给拖下了水。”

陶甘文冷笑，说：“那么证据呢？你所说的那些，未免臆测的成分也太多了吧。”

这时林东从外面走了进来，顾潜鳞向他说：“东西拿来了？”

林东说：“拿来了。”

林东说着将一个信封扬了扬，放在桌上。

顾潜鳞说：“本来这些东西的确是不可能留下来的，可是宋黎的计划有了变化，他非但不需要隐藏什么，而且还十分希望我们能够察觉梁英有这么一个情人的存在。所以那些照片直到现在都还保存得很好，而刚才我已经让林东从宋黎的家里将它取了过来。”

顾潜鳞笑着说：“如果这些照片真的跟你没关系的话，上面应该不会有你的指纹吧？”

陶甘文苦笑望着桌上的信封，终于泄气了，有些酸涩地说：“我的确是太低估宋黎了，我真没想到，他竟然这么聪明，想出了这么好的一个计划。虽然他最终还是没有骗过你们，但却把我给拖了进来。好，我认罪，我把一切都说出来！”

十分钟之后，陶甘文终于将一切的过程又说了一遍，其实所有内容都跟顾潜鳞所推测的一模一样。

等陶甘文全都说完了，顾潜鳞慢慢地打开了那信封，从里面掏出一叠白纸，仿佛十分惊讶地说：“这怎么……这里面怎么会是一叠白纸？”

然后他对陶甘文笑着说：“我刚才忘了告诉你了，宋黎一看到照片便火冒三丈了，当天打信上的电话没打通之后，就把照片和信全都给烧了。”

他说着从口袋了掏出了一只小型录音机，扬了扬，说：“还好，你刚才所说的，我都已经录下来了。”

晚上十点三十分，案件告破。

Z推理

文/鹤饲山
图/不死鸟
埋伏简单杀
MAIFUJIANDA
SHA

[病人的病]

木质楼梯十分脆弱，发出轻微的颤鸣，廖拓走上4楼，推开那扇门。屋里的气味很怪，廖拓分辨出来，惶惑中夹杂着少许期待，作为一名心理辅导师，他熟悉这种味道。

那女人坐在床边，啜泣着。女人在电话里告诉过廖拓，她是孤儿，很小的时候便从老家流落到泸沽湖畔，与当地人生活在一起。但是孤独的本性，使她无法融入任何一个环境中。

廖拓在门口静静站了片刻，第一次进来，他总是这样，慢慢沉入氛围。

“你来了。”年轻女子打量廖拓。

“你好，”廖拓把手杖搁在门边，“天气不错，你应该把窗帘打开。”

女子好奇地看了看廖拓的手杖，木质黑漆，包金的杖头有些旧。廖拓笑了笑：“关节炎，老毛病了。”他费力地穿过房间，拉开窗帘，屋里明亮起来，窗外有座隐秘的阳台。

女子随廖拓来到阳台，廖拓已摆好两把椅子，45度角，心理辅导要求的对话角度。廖拓坐在右边的椅子上，轻声说：“阿梅，讲讲你的事吧。”

“20岁那年，我在泸沽湖南岸遇到一个男人，”阿梅开始叙述，“我爱上了他，他是旅游者，喜欢当地的风土人情，就住了下来。我们交往1年，后来……”阿梅哽咽一下。廖拓静静注视她，温和地笑着。“后来我把他推进了泸沽湖。”阿梅大声吸着气。廖拓注意到，阿梅的泪水很漂亮，晶莹剔透，像清晨的露珠。

“来到这座城，不习惯吧？”廖拓淡淡地说。

“我不知道自己逃了多远。5年来，我一直在跑，没有亲人，没有身份证。”阿梅的脸伏在膝盖上，长发遮住了肩膀，瑟瑟发抖。她的脊背很漂亮，如一副优质的牛角弓。“我只能去洗浴中心，去酒吧……那些地方需要女人。”阿梅终于哭起来，耸动的双肩像风中的枯叶，“我又怀孕了，这是第二个，但我不知道孩子的父亲是谁。”

廖拓掏出手绢递给阿梅。他的工作就是倾听，然后说服。这需要技巧，当然，角度最关键，45度进入对方心里，柔软纤细，像星光的触须。

阿梅把廖拓的手绢盖在脸上，呜咽着。

45分钟以后，廖拓起身，从门边拿起手杖，艰难地走了出去。

他绕过街心花园，脚步忽然轻快起来。他根本没有关节炎，双腿年轻健康，充满活力。那支手杖只是道具而已，是工作的需要。根据经验，廖拓发现，每当他把手杖拿出来，就等于暗示谈话对象——瞧，我和你一样都是弱者。我们同病相怜。

[死人没死]

喜欢在“蓝猫”酒吧消费的客人，大多是抑郁症患者，这是廖拓开出的诊断书。

廖拓偶尔来酒吧看看，从门边进入另一条走廊，昏暗中倾听自己的脚步声。他的呼吸之间弥散着GIVENCHY圆周率香水，木质的东方男人，典雅沉稳，充满激情与感性。按照孟凉的说法：这股怪味流露了男性的征服欲和表达欲。

孟凉是廖拓的合伙人，他俩共同出资，开了这间“蓝猫”酒吧。

廖拓推开小屋的门，孟凉抬起头，无动于衷地说：“闻到那股怪味，我就知道你来了。”

“忍受一下。我只在晚上用一用。”廖拓微笑着，“再说，我不喜欢‘蓝猫’的客人。”

“哦，原来你用香水辟邪呢。”孟凉歪了歪嘴。他的幽默粗俗尖刻。

廖拓坐在孟凉对面。灯光略显压抑，幽蓝色调，孟凉的瞳孔也变成了蓝色。“我今天又见了一个顾客。”廖拓说。

“我和自己的屁股打赌，那人不是同性恋、就是女疯子。”孟凉说。

“请尊重我的工作，”廖拓仍在微笑，光洁的鼻梁，由于灯光的作用发生了轻微扭曲，“我最大的成就，就是拥有一份心理医师执业证，我喜欢它，这比赚钱有意义。”

“当然，酒吧在你眼里就是狗……”孟凉及时止住了话头。

廖拓满意地点点头，目光集中到孟凉的额头。“你那块伤疤是怎

么回事?”

孟凉的眼里划过一丝阴影，稍纵即逝，但被廖拓捕获了。这仍是角度问题。孟凉从来没注意，每次廖拓与他交谈，都保持着45度角。

孟凉摸了摸那道伤疤，7公分，用力挤压会痛，会渗出血质黏液。奇怪的是，这道伤疤一直不能彻底愈合，结痂以后脱落，露出新鲜的血肉，然后，再结痂，再脱落，仿佛一只死不了的虫子。

“我告诉过你，”孟凉冷冷地说，“游泳的时候磕伤了。”

廖拓温和地说：“你去过云南吗？巧得很，我今天见的顾客，曾在泸沽湖畔住了很久，而且她在那里遇到了一个人。”

“你?”孟凉明显不安起来。

“那位顾客很不幸。”廖拓露出洁白的牙齿，牙龈的红肉在幽蓝的灯光下，呈现诡异的紫色，“她20岁那年，爱上一个旅游者，1年后，她生下他们的孩子，但那婴儿没有眼睛，额头到鼻子之间光滑如镜。”

“不！”孟凉凄厉地号叫，“你去死吧，你这个魔鬼!”

廖拓无动于衷地望着他的合伙人，目光里甚至有一丝怜悯。他俯身，洁净细长的手指，轻轻抚摸孟凉的额头。孟凉翻起眼皮，惶恐地瞪着廖拓，由于紧张，额头的伤疤痉挛起来，很像一条蚯蚓。

廖拓猛地撕裂那道伤疤。孟凉怪叫一声，用手背按住伤口。他在恐惧中抽搐着，大声呜咽，但这一切被外面喧闹的人声掩盖了。

[仙人掌]

廖拓再次踏上木质楼梯，手杖发出“咔嗒咔嗒”的撞击声，与他的脚步重叠起来，沉闷单调。他停在3楼，那扇门虚掩着，屋里飘出淡淡的香草气味，看来阿梅的心情正在好转。

“你来了。”阿梅大声招呼他。

“你好。今天天气不错。”廖拓望了望窗户，粉红帘布已经打开，阳光透过窗棂投射在一盆仙人掌上。廖拓皱了皱眉头，他上次没看到仙人掌，他讨厌这种植物，但是怎么说呢，凡事皆有利弊，关键从哪个角度去看。

廖拓调整了阳台的椅子，坐下来，面对孟凉的女人。

关于他们的故事，廖拓上次已了解得清清楚楚：阿梅生下的孩子没有眼睛，孟凉便把女儿埋了，于是阿梅把孟凉推进了泸沽湖——整个过程简单而残忍。但阿梅不知道，孟凉并没死。

“我觉得自己很幸运，第一次就找到你这位好医生。”阿梅笑着说，“以前有几个姐妹，受过很多伤害，就找心理医生，她们说这样有用。”

“谢谢。”廖拓淡淡地说，同时有种荒诞的感觉。出卖肉体的女人更依赖心理医生，他想大笑。

“这是我的第二个孩子，我决定生下来，好好养大。”阿梅抚着肚子，微微歪着脑袋，一派天真而严肃的神情。

“这就对了。”廖拓舒了口气，“孩子是无辜的。他是我们的希望。”

“廖医生，我还想多做几次辅导，你看行吗？”阿梅的大眼睛热切地望着廖拓。她的目光，有那么一瞬，忽然使廖拓不安起来。但他不知道这种惶惑来自哪里。

“呃，当然……这是应该的。”廖拓轻轻叩击指甲。

“太好了！”阿梅雀跃着，几乎扑到廖拓身上。廖拓嗅到她的体香，美丽女人天然的魅力，与众不同。她微微隆起的腹部并不显得臃肿，反而由于母性的光辉，使她的皮肤明亮柔润，膨胀着生机。

廖拓一贯凭直觉做事。一个月前，当阿梅给廖拓打电话请求心理辅导时，他便猜测：他们之间会有故事。而从阿梅这里揭出了孟凉的秘密，纯粹是意外之喜。

“廖医生，你怎么了？”阿梅推了推廖拓。

廖拓回过神：“对不起，我在考虑心理辅导的事。”

阿梅给仙人掌浇了水，欢快地说：“我去买菜，你等我。我要做几个好菜款待贵宾，你一定要尝。”

廖拓没来得及回应，阿梅已经出去了。

[真实的梦魇]

廖拓没等阿梅回来，提前离开了屋子。他口袋有个锦盒，里面的东西很重要，是一切的开端。

廖拓踱到“蓝猫”酒吧外面，从此，这将是他的独有财产。廖拓甚至想：如果没把孟凉赶走，或许更好。孟凉在酒吧投了很多钱，他尽心尽力，营业额一直在涨，遇到这样的合作伙伴不容易，这就是天意。但生意更重要。廖拓善于发现和挖掘人的心理弱点，然后摧毁他们。他不能违背自己的天性。

夜里11点，廖拓回到家，把口袋的锦盒取出来，打开，一块蓝色橡皮泥，上面有一把钥匙的印痕。那是阿梅的房间钥匙。

廖拓站在窗前，点燃一支烟，今晚的月亮很大、很奇怪，就像肿胀的脸孔。廖拓回到客厅，斜靠在沙发上，拨通一个号码。

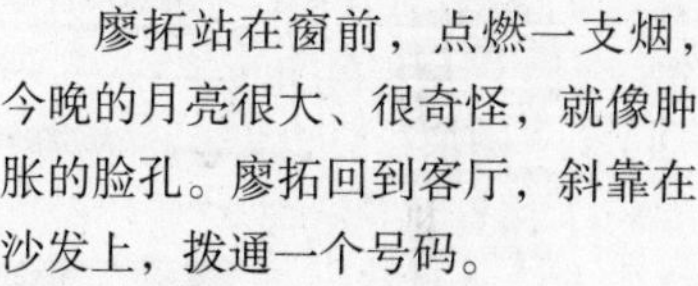

“我找到了。”廖拓说。

“太好了。”对方是一名妇产科女医生。

“这个女人正在怀孕，背景很干净，比流浪汉和乞丐都干净。”廖拓淡漠地说，“她是孤儿，没有身份证，她的亲人不知所踪，而且她前半生几乎完全封闭。”

女医生喜气洋洋地骂了一句：“要是每个都像这样就好了。”

“别抱幻想，”廖拓努力使自

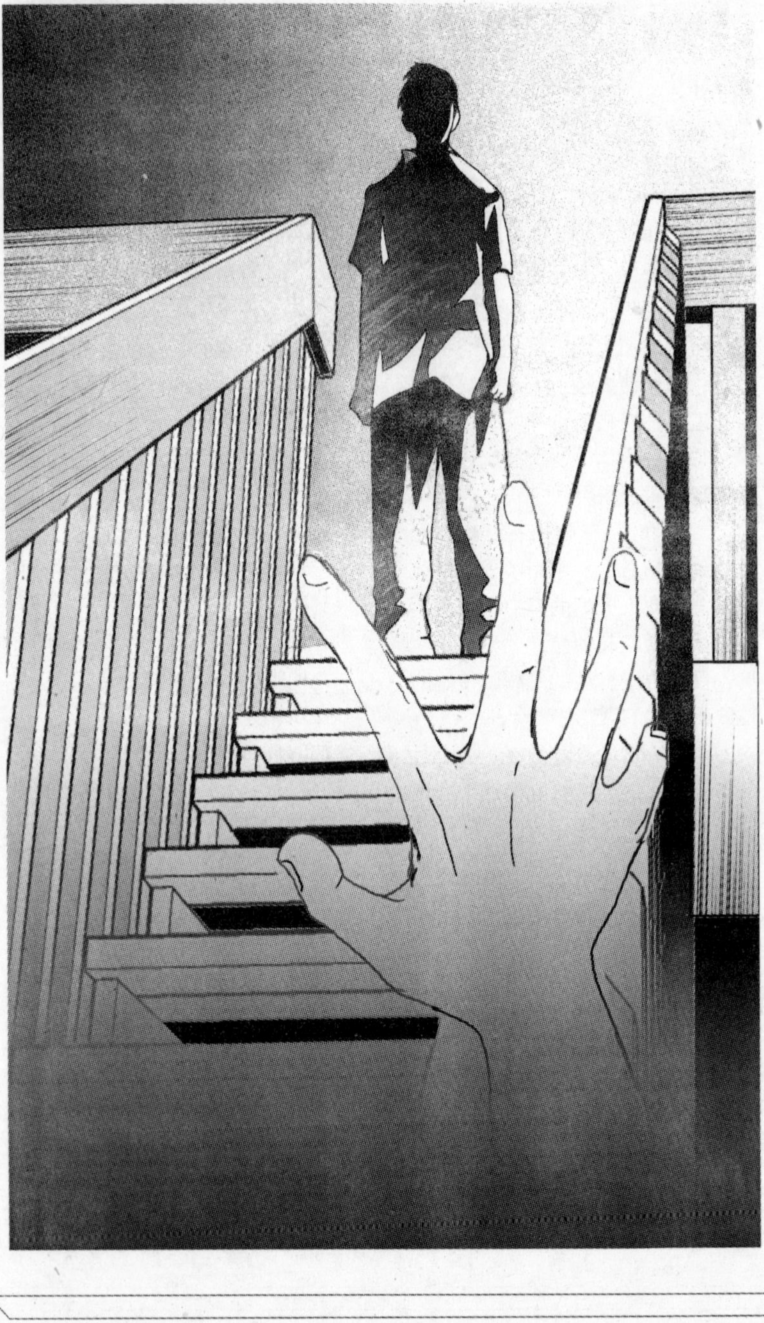

己的语调显得沉稳冷静，“这种事可遇不可求。”

“嗯，你怎么说都行。”女医生激动起来，“我刚收到信息，行情又涨了，新鲜的婴儿胎盘越来越抢手。”

“不错。”廖拓低声笑着，洁白的牙齿在灯下闪烁微光，“那些愚蠢的富婆和影视明星，甘愿花15万元注射一针精炼的胎盘素，妄想换回青春。”

“对，这就是生意。就看你用什么交换。”

挂断电话，廖拓靠在沙发里打了个盹。

他沉入梦境，在黑暗中行走。手杖的敲动仿佛来自地狱，咔嗒咔嗒，像一个骷髅叩击着牙床。然后他突然跌下去，在纯黑的空间里四分五裂……

廖拓猛地惊醒，大汗淋漓、汗毛倒竖。他走到窗前，街灯的光晕从窗口投进来，照着他的胳膊，寒风掠过，胳膊上起了一层鸡皮疙瘩。

廖拓朝下面的街道扫了一眼，一个影子一闪而过，淹没在灌木丛里。

[简单事故]

等待也是一种享受。廖拓每个星期三来看望阿梅，他们的等待都是有希望的。

阿梅有时会做噩梦，讲给廖拓，廖拓总能用简单体贴的语言，温暖她的心。他们也会亲吻，轻柔的，没有情欲气息——至少阿梅是这样感觉的。

春天的一个星期三，廖拓又来到阿梅家，吃水果的时候，阿梅忽然说：“昨天我梦到了孟凉。”

刚开始，廖拓没反应过来，直到那个名字像血一样糊满他的脑海，他才想起曾经的合作伙伴。

“哦，他在梦里说了什么？”廖拓慢慢剥开橙子。

“不记得了。我只想起他的脸，很远。”阿梅幽幽地说，“快6年了，我一直没忘掉他。”

“这很正常。”的确，从专业的心理学角度来说，给过女人伤害的男人，总会以各种方式，伴随女人的一生，“你不用担心，那个男人，我想，他也一定很后悔。”

“什么？”阿梅呆了一下，然后猛地转过脸，凝视廖拓，“你说‘他很后悔’？”

廖拓的头皮一阵发麻。他出现了一个小小的失误——阿梅告诉过他，孟凉已被推入了泸沽湖，这是千真万确的事，阿梅不可能知道，孟凉还活着。

“是啊，他沉落的时候，如果还有知觉，一定很后悔。”廖拓静静地说。

阿梅忠索着，点点头。廖拓总是对的。

那天傍晚，廖拓比往常离开得

早。他对自己的失误非常不满，这个偶然事件，说明他的意志正被阿梅的气息瓦解。

廖拓越来越急切地等待着，想迅速了结这一切。

临产的前一个星期，廖拓照例前往阿梅家。他决定今晚行动。他原先配的房间钥匙，此刻看来是多余的，他没料到他们的关系发展这么快。

廖拓最想采用的方案，与那盆仙人掌有关。他会设法让阿梅出去，然后趁她回到楼下时，从阳台推下仙人掌——每年有多少人被楼上掉下的东西砸倒？越简单的东西越有效，没人会把一起意外事故与谋杀联系起来。

然后他把阿梅带到“朋友的医院”，妇产科女医生会把胎儿从孕妇肚子里掏出来，连麻醉剂都不用……

廖拓沉浸在成功的喜悦中。这件事的意义，并不是能赚多少钱，而是，他利用自己的专业知识和控制力，完成了整个过程。

廖拓踏上木质楼梯，昏暗中，他的脚下传来细微的颤鸣。他看到了4楼房间，与此同时，他的身体突然倾斜，胳膊肘撞在栏杆上。随着“喀嚓”一声，廖拓从半空坠落，落地时脖子扭断，当场死亡。

[枕边人]

“他曾经说过，”阿梅望着楼下的死人，喃喃自语，“沉落的时候，如果他还有知觉，一定很后悔。”

孟凉站在阿梅身旁。不远处，邻居们探头张望，发出轻叹。

“他是我们的好朋友。”阿梅呜咽着。

“这楼梯早该修了。”一个老头气呼呼地说。

孟凉扶阿梅上楼，进了卧室。“酒吧的文件我早有备份，”孟凉冷笑着说。“他太沉迷心理工作，对商业一窍不通。”

“他对我一直很热情，我不明白什么原因。”阿梅说。

“我和自己的屁股打赌，他想和你上床！”

“我猜不是。”

“不管怎样，他居然相信了咱们瞎编的故事，真是奇迹。”

“别抱幻想，这种事可遇不可求。”

“今晚好好庆祝一下。”孟凉揉捏阿梅的脸蛋，“明天再策划新方案。”

孟凉伸手到阿梅的肚子上，把垫在那里的枕头掏了出来。他摸着阿梅平坦的腹部，喘息着说：“没有阻碍真好啊。”

阿梅也兴奋起来，翻身压到孟凉身上，最后问道：“你怎么在楼梯上做的手脚？”

“什么狗屁手脚，”孟凉说：“我亲自推了他一下！”

然后两人滚翻在被子里。Z推理

文/苏　簌
图/不死鸟

童话的背景

不是所有的结局，王子都和公主从此在一起……

在后来的日子里，每当韩悠再次想起这个故事，总是从这一句话开始。

然后一点一滴地回放，如同电影的慢镜头，黑白色，带领着命运那道早已生锈的齿轮，残酷地转动……

案发现场是一间尚未装修完成的新居，花园洋房式的结构，宽敞、明亮，坐落在市郊的豪华地段上，依山环水，真正是有钱人的住宅区。房子的主人是才出道不久但却已经小有名气的艺人岳微蓝，她的年轻、骄傲、美丽、高贵，那些数不清的资本都是那样耀眼得叫人无法直视。

可惜再美好的东西也会有支离破碎的一天，如同此刻警戒线，早已毫不留情地将死者与生者永远地隔离。而那双顾盼神飞魅惑众生的

双眼，已经永远不会再睁开来凝视世间任何一处风景。

推开大厅正中的那道通往房间的玻璃门，就可以看到岳微蓝仰面倒在地上，她穿着粉红色的复古连衣裙，隐约可见蕾丝花边下赤裸的脚踝，首饰是成套的紫色水晶吊坠和戒指，脸上化着精心勾勒的彩妆，深紫色的眼影和眼线，就连脸颊上也扫了一层淡淡的丁香色。然而就是在这样一张美丽的脸庞上面，那张饱满的几乎要流出汁液的粉红色小嘴里，却流露出了苦涩的杏仁味道。

她死了，死于毒药，并且是这个世界上最好辨识也最有效的毒药，氰化物。

房间里还没有搬进任何家具，只有堆在一起的大大小小还未拆封的纸箱子和剪刀胶布之类的工具，惟一干净些的房间也只铺了一块榻榻米，上面放着一些精致的西式点心，以及刚刚打开还没来得及品味的红酒，不多不少刚好五只相同的酒杯。

正是时下年轻人的作风，家还没有搬好就迫不及待地邀请朋友们过来玩，说是自豪也好，炫耀也罢，总之是一刻也停不下来，什么都风风火火的，想到这里，韩悠突然觉得自己好像已经老了。

开始环视周围的涉案人员，也就是报警的四个人。

他们原本约好在死者的新居聚会，却没想到红酒只来得及抿上一口，岳微蓝就那么毫无征兆地倒在地上，失去呼吸。

叫了救护车和警察，但是挽救不了一个已经消逝的生命。

顾深蓝，和死者一起组团出道的新锐艺人，曾经无话不谈的两个人却在出道之后又开始没完没了地被用来比较，终于因为各自的利益和微妙的牵扯而变得渐行渐远，却又不得不维持表面上貌合神离的亲密关系。

司嘉齐，与“蓝”组合同属一家公司的出道艺人，因为曾经是微蓝的男朋友最近却和深蓝频频传出暧昧新闻而倍受关注，也有另一说法是被微蓝抛弃之后才和深蓝在一起的，总之是时下娱乐周刊和八卦记者深感兴趣的话题人物。

秦睿，某彩妆公司 CEO，刚刚签了微蓝作为彩妆部分的形象代言人，在某种程度上恶化了“蓝”组合的内部关系，也是八卦新闻中微蓝离开司嘉齐的理由，目前是和微蓝有关的所有新闻中独一无二的男主角。

蒋乔，秦睿的妻子，同时也是微蓝前任的彩妆代言人，原本不是演艺圈人士，却因为与王子富豪秦睿的闪电婚礼而一夜成名，成为倍受瞩目的灰姑娘变公主的典型，二人结婚已经六年，却在近期传出了感情破裂的传闻。

每一个人的身份都有模糊的灰色地带啊，韩悠皱起眉头。

为了出席微蓝家的聚会，每个人都带来了礼物，聚会当天大家所吃的点心是深蓝带来的，红酒是司嘉齐带来的，而微蓝身上所穿的那件让人惊艳的裙子，则是秦睿夫妇送给她的，六十年代的古董衣。

化验的结果让人惊喜，所有的食物都没有问题，而惟一检查到毒素的就只有微蓝所使用的那一只红酒杯的杯沿，最后可以确定的是，氰化物来自于微蓝唇上的粉红色唇蜜，与众不同的是那种粉红色里略微加入了微微的蓝色，是秦睿的公司还未上市的新颜色。因为微蓝是代言人的缘故，所以公司都会提前寄最新款的货样给微蓝试用。检验了管中剩下的粉红色液体，也的确提炼出了毒素的成分。

而在微蓝的梳妆台上可以发现，不下数十支颜色不同型号也不同的口红唇彩和唇蜜，看得外行人只有眼花缭乱的份。当然仅凭这一点是什么都不能确定的，毕竟那支唇彩已经不是第一次使用了，可以接近微蓝的人几乎都有机会下手。问题的关键在于，谁可以确定她在何时、何地会心血来潮地选择那一支？

更加令人意外的是，在玻璃门和玻璃窗上采集到了陌生人的指纹，不属于死者或是当天曾出现在案发现场的任何一个人，在四个直角上接近边缘的位置，出现了十几次。

作为新锐艺人的压力和公司故作姿态而要刻意保留的神秘感决定了微蓝不可能有广泛的交际圈，而她本人又是盛气凌人的天之骄女型，除了案发当天在场的四个人之外，似乎已经再难找到更多可以和她产生交集的人。

韩悠陷入沉思，难道那一天除了这五个人，真的有第六个人曾经踏入那个房间？

深入调查之后，又发现了另一些和死者有关的事。

一直以来岳微蓝和顾深蓝都是一起住在公司提供的公寓，但是不知为了什么，微蓝突然决定搬家，并且兴致勃勃地决定要一个人承担起全部修缮的工作。

然而艺人毕竟是可以忙到天昏地暗的职业，直到她死的那一天为止，也仅仅是做完了墙壁的粉刷，并且严格来说，并不是十分完美的粉刷。

家具还没有到位，但是东西已经非常的多，全部都放在纸箱子里搬了过来。

案发当天，大家是约定上午十点钟在微蓝家里集合的。最先到达现场的人是秦睿和蒋乔夫妇，更确切一点呢，蒋乔是第一个进门的人，秦睿在楼下停车花了几分钟的时间，然后是顾深蓝，最后一个是司嘉齐。

深蓝说，我怎么可能和微蓝暗地里较劲呢？那全是杂志在乱写

的，如果我真的和她关系不好，今天就不会来了；

司嘉齐说，我和微蓝深蓝都不是真的，她们刚出道没多久，我作为师兄是一定要带她们上位的，这都是公司的安排，没有绯闻的艺人是红不起来的；

秦睿说，我和微蓝，我想也是一种炒作吧，都是互惠互利的事情，只要我妻子相信我就好，至于代言，这是董事会集体的决定，不是我一个人说了就算的；

蒋乔说，说代言被抢走实在是无稽之谈，事实上是，我和我老公准备今年要一个小孩的，所以想要适当的减少工作量，微蓝是我们都很看好的艺人。

狗仔队不愧是狗仔队，第二天所有的电台和周刊都开始大篇幅的报道微蓝死在新居的事件，大标题是红色醒目的“自杀？他杀？当红艺人死因成谜”……这让韩悠哭笑不得，但是最后，他还是买了一本回家去看。

报道上先是刊登了几张微蓝新居的外观照片，然后用了很大的部分去报道案情，最后居然还捎带着报道了当时所有人进入微蓝家之前几个小时的行程。

深蓝在法国厨房上课，接了一个电话就匆忙离开了，当时厨艺教室的老师可以作证；司嘉齐从家里来，有九点钟他开车驶出自己所在小区的录像，按照正常的行驶速度，到达微蓝的家应该前后差不多；秦睿在八点半左右就已经到达了微蓝所在的小区，兜了一圈却又开去了健身会所接妻子蒋乔，据说那个会所是蒋乔很喜欢的地方，每周至少会在那里做三次运动。

他们最后都在十点前后到达了目的地，而微蓝的死亡时间大概就在十点一刻左右，那么可以杀死微蓝的人，应该就在这四个、不，应该是包括微蓝自己在内的五个人之中，然而，那个陌生人的指纹又会是谁的呢？究竟是什么原因，才可以让指纹那么统一的出现在那么相对固定的位置？

微蓝死后，组合当然也就正式宣告解散，公司在第二个星期就为深蓝发行了全新的单曲EP，速度之快也实在令人感叹人情的凉薄。

看着音像店门口的大幅海报，深蓝的确是很有古典味道的美女，比起现代气息过于张扬的微蓝，看上去要稳重的多。

尤其是右眼角的一颗泪痣，更衬托出她浓厚的东方气质。

等等，韩悠记得录口供的时候，她的泪痣明明是在左边的眼角……

恍然大悟似的拍拍脑袋，真的傻了，照片么，左右当然是相反的。

正要移开步子，忽然醍醐灌顶一般，令韩悠长久注视着那张海报无法移动，终于慢慢浮现出了豁然开朗的微笑……

第一眼看到尸体时的那股说不出来的不协调感，四个嫌疑人模棱两可的举动和证词，在奇怪的地方出现的陌生人的指纹，死者家里奇怪的状态和摆设，这些看似毫无关联而又散落满地的碎片，如今终于有了一条线，可以将它们完整的拼凑……

再次面对四个嫌疑人，韩悠长长舒了一口气，开始了自己的推理。

[真相大白]

每个人在说话的时候往往会经过深思熟虑之后才开口，但是如果我们从这个人最本质的行为来看，才会出奇不意的得到最为接近真相的答案……

在事件发生之前，死者岳微蓝有着怎样反常的举动？

搬家，不错，就是搬家，和深蓝在一起住的好好的，为什么迫不及待的要搬家？还没有买家具就忙着把所有的东西先搬到新家去，并且不雇人而是自己一个人做装修？与其说是和深蓝的关系恶化到不得不搬家的程度，倒不如说是微蓝在迫切地渴望着一个新家，并且对于这个全新的住处，抱有着相当程度的理想和期待，那么对于一个事业正处在上升期二十岁出头的女孩子来说，什么事情可以让她抱有这种程度的期待呢？

没错，就是一场全新并且充满诱惑的爱情。

在这种情绪的驱使下，微蓝不会贸贸然地选择去自杀，当天她兴冲冲地邀请了朋友来家里玩，还细心地化妆换衣服，这些都不是一个企图结束自己生命的人该做的事情。

那么我们再来看事发的当天，四个嫌疑人的行动如何？

顾深蓝去了厨艺教室，司嘉齐在家里，蒋乔去了健身会所，他们都是按照自己平常的行动而行动，唯独一个人，秦睿，他开着车很早就进入了微蓝所在的小区，却又不动声色地开走了，这是非常反常的一个举动。

但是如果我们能够联想一下八卦周刊的报道，就会发现，这个行为其实一点都不反常，因为当时的秦睿在那里发现了一个足以破坏现有平衡的身份微妙的人，那就是记

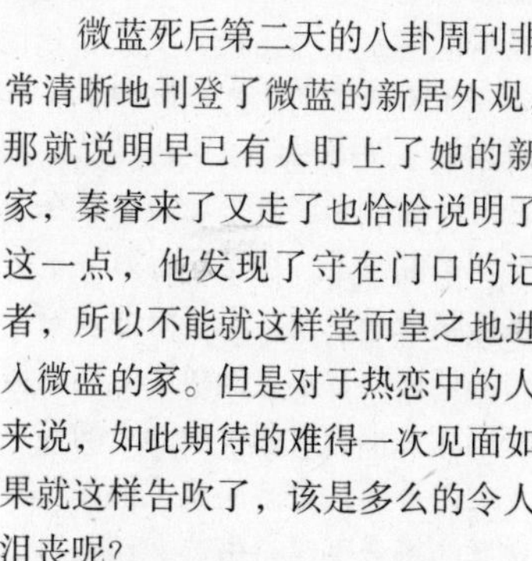

者。

微蓝死后第二天的八卦周刊非常清晰地刊登了微蓝的新居外观，那就说明早已有人盯上了她的新家，秦睿来了又走了也恰恰说明了这一点，他发现了守在门口的记者，所以不能就这样堂而皇之地进入微蓝的家。但是对于热恋中的人来说，如此期待的难得一次见面如果就这样告吹了，该是多么的令人沮丧呢？

所以毫无疑问，秦睿就是那个让微蓝陷入热恋的男人。

而微蓝想见他，又要避人耳目，也只有叫上顾深蓝和司嘉齐一起去玩。

这就是为什么深蓝上课上到一半，接了电话就匆匆地赶往微蓝的家，也是司嘉齐开车出门的理由，同时也就可以理解深蓝那天的口供中另一层较深的含义了。

她当时是说，如果她们关系真的不好那天就不会去微蓝家里玩了，但其实不管她们真正的关系怎样，表面上她们都是好姐妹，不去是不可能的，深蓝真正的意思是，如果关系不好，就不会匆忙赶去帮微蓝解围了。

这也就解释了那一天的所有食物为什么都是顾深蓝和司嘉齐带去的，岳微蓝如果一开始就准备好了请客，不会什么东西都不准备。而在明知有狗仔埋伏在家门口的情况下，出门当然有一定的危险性，不如请他们带吃的来。

也就是说，除了秦睿以外，所有人都是被临时叫来的，而那一天微蓝想见的人，其实只有让她陷入热恋的秦睿一个。

到了这里，突然出现了一个很大的问题，那就是为什么秦睿的妻子蒋乔也会同时出现在那里。

为什么微蓝并不排斥蒋乔的出现，而蒋乔又是出于什么样的立场去出席这样一个聚会？

我们再回头看蒋乔的证词，她说代言人的事情完全是夫妻两人共同的决定，并且她拿出了一个绝好的理由，减少工作量是为了要一个孩子，但是看看当天发生了什么，她一如往常一周至少三次的前往健身会所去做大量的运动来维持姣好的身材，这完全不是一个随时准备怀孕的女人该做的事情。

那么她为什么要说谎？为什么会在明知丈夫外遇的情况下为他隐瞒这样的丑闻，甚至在有可能被曝光的情况下亲自出席这个聚会来撇清那两个人的暧昧关系？

仅仅说这是一个贤惠的妻子是不够的，而是应该说，被灰姑娘的童话环绕的太久，就连自己也不得不相信，自己是幸福的，类似于催眠一样的痛苦，却要在脸上表现出发自内心的微笑……

关于陌生人的指纹，在我看到了深蓝的那张海报时，彻底地明白了……

镜面原理，那么简单的镜面原理，居然被忽略了。

微蓝的家里，除了封好的纸箱，还有胶带和剪刀，可是我们却忘了，纸箱明明是封好之后搬过来的，那么新家里的胶带是用来做什么的？

别忘了微蓝可是一个人粉刷了整间房子，以她的手艺，怎样才能保证玻璃门、玻璃窗不被刷上油漆呢？如果我们在四边上都粘上宽胶带，这样就算不小心刷到了也只是刷在了胶带上，只要在粉刷全部结束之后，再把胶带撕下来就可以了。而我们在贴胶带的时候一定会将指纹印在上面，贴在玻璃上再撕下的时候就出现了必然会反转 180 度的指纹，这也是在门窗的四个角上出现指纹频率较高的理由。所以当时房间里还有第六个人存在的假设是不成立的。

我曾以为那个指纹是属于死者的，但是当技术人员将反转回来之后的结果与事发当天在场的五个人进行比对时，才发现，这些指纹居然是属于蒋乔的。

至此我们才明白，在秦睿与微蓝的爱情里，蒋乔所充当的居然是顾问的角色，她知晓秦睿一切喜好，她雍容大度，微蓝甚至可以对她推心置腹，在不许任何人插手发誓一个人完成的装修工作中都允许了蒋乔的帮助。但是天真过头的微蓝却不知道，这世上没有任何一个妻子会如此慷慨地与别人分享同一个丈夫。

在微蓝终于完成了粉刷工作之后，第一件事当然是要和自己心爱的人一起分享这份喜悦，也就在一个侧面说明了，这是秦睿第一次进入这间房子，他并不了解微蓝家里的一切摆设，不可能很快的在微蓝家里那几十支唇彩中找到对的那一支加以替换，也就决定了他无法在这样的场合下谋杀微蓝，那么可以做到这件事的人，就只剩下一个。

每个人去参观别人的新家时都要带上一件礼物，深蓝是这样，司嘉齐也是，那么秦睿和蒋乔的礼物呢？

就是那件粉红色的连衣裙。

因为临时改变的计划，秦睿绝对无法准备好一件礼物，那么也只有大度的蒋乔可以把自己的新裙子拿来送给微蓝，而更重要的是，蒋乔也是少数几个可以拥有那款最新颜色还未上市的唇蜜的人之一。

微蓝的尸体有一件非常奇怪的事情，就连我这个男人都看得出来的，那就是明明化了紫色系的彩妆，却穿着完全不搭调的粉色裙子，这对于身为时尚先锋的死者来说是一件几乎不可能发生的事情。只有蒋乔，被微蓝视作知己的蒋乔可以轻易说服她换衣服，理由简单到只需要四个字，秦睿喜欢。

听话的微蓝在换衣服的空隙里，蒋乔只需要把自己带来的涂毒的唇蜜与摆在微蓝梳妆台上的那一支对换，这样一个不超过五秒钟的动作，就可以完成这项谋杀了。因为要搭配那条粉色裙子，微蓝已经没有时间去改变原本的紫色妆系，那么惟一的补救方法也就只能是涂上粉色的唇蜜，而对于最爱时髦的微蓝来说，还未上市的新颜色无疑是她的首选。

也许你会说秦睿临时叫你去参加的聚会根本没有时间让你去准备毒药，但是我可以告诉你，其实你的到场根本就是一场天衣无缝的安排。

我们再说回到八卦周刊的照片，如果那个记者跟踪岳微蓝已经很久，那么不会不知道蒋乔曾经频繁出入过那栋公寓，要知道粉刷那样的大屋可不是一朝一夕的事情。当然，我们例行公事地审讯过那名记者，也确实证实了他是接到匿名电话之后才得知死者搬家这个消息的。那么如果有记者守在死者家门口，秦睿会怎么做呢？

是不是之前也发生过类似的事件，早已经让你心如死灰了呢？

只要你的心中抱有深刻的杀意，提早准备好毒药和裙子，那么你所需要的，就只是机会。

一次又一次地纵容自己的丈夫和别的女人偷欢，换来的却只有他的变本加厉，一直到如今，他就那样云淡风轻的要求自己的妻子去为那段背叛解围，还能怎么容忍？怎样才能欣然接受？

如果你还需要证据，我也只好大胆地假设，还未上市的新颜色，被你拿回家的微蓝的那一支，你是不会扔掉的，因为还在试用阶段，秦睿可能会问起你，但是属于一个死人的东西，你会用吗？

如果是我，我不会，我会尽量的把它摆在一个我看不到的角落里，只要这个产品过了试用期一上市就马上买一支新的替换掉，所以，即便微蓝的指纹已经被你抹掉，那支唇蜜上也一定还可以在管口化验出只属于微蓝的皮肤纤维……

……

就是在那一刻，韩悠听到了那句话，在蒋乔的口中，悠悠的长叹。

不是所有的结局，王子都和公主从此在一起……

曾经的她，天真到无视一切世俗牵绊，固执地相信在这世界的某处，一定存在着王子与公主的童话。

年轻时那些以为无论如何也要固守到老的东西，总要在事过境迁之后偶尔想起，才知道，没有什么是天长地久的，只是那个时候的我们，不懂而已。

是谁说过，一旦爱上，什么理智也在那份炽热面前溃不成军。

该来的来过，该走的走了，这个世界终究没有天使，也没有人编织童话，哪怕再虔诚的双手，也改变不了生活的轨迹…… Z推理

世界十大超级间谍

这其中，有为盟军舍身为义的正义之士，也有投奔法西斯的恶魔，甚至还包括一位造成中国东三省沦陷的魔女间谍，当时日本最著名电影《男装丽人》的原型人物，清王朝肃亲王的十四格格川岛芳子。但无论他们是正是邪，在间谍史上，他们的名字将永远留存。

谍海枭雄——勒鲁瓦

法国国外情报和反间谍局第七处处长勒鲁瓦，是西方谍报界公认的一位智勇双全、功勋卓著的间谍大师。内部统计数字指出，法国90%的谍报战果归功于勒鲁瓦领导的第七处。回顾自己30年的特工生涯，勒鲁瓦说道："我立志全身心投入特工事业，甚至不惜牺牲自己的生命。我以自己独特的方式工作着，为了弄到情报，我四处搜寻，总能得手。但哪里料到，道路的尽头等着我的却是一场悲剧。"

博士间谍——佐尔格

举止高雅，气度雍容的理查德·佐尔格是二战中最富有传奇色彩的人物。谁也不会想到，这位毕业于柏林大学和基尔大学的博士，在东京德国使馆内有单独办公室，并与使馆官员亲密无间的著名记者，竟是为莫斯科工作的。他就德国要发动对苏战争提出的警告，和日本不会在西伯利亚采取行动作出的准确判断，已作为谍报活动的典范载入史册。他的胆识和智慧一直为人们所称颂，被誉为"最有胆识的间谍。"他的信条是：不撬保险柜，但文件却主动送上门来；不持枪闯入密室，但门却自动为他打开。

冷面杀手——斯塔申斯基

只要轻轻扣动扳机，一支带有发射栓的玻璃针便会撞破玻璃针管，一团气雾过处，所有生命便会停止呼吸，几乎声息全无。自从乌克兰独立运动的领袖西蒙·彼特鲁拉在巴黎街头被谋杀、康诺瓦莱克在鹿特丹的街上被定时炸弹炸死，克格勃便开始使用这种气雾杀人武器……初入谍门几个月来，人们在慕尼黑的大街上不时看到一个年轻陌生人在晃来晃去，仿佛他不清楚自己该往何处去。他身材瘦削、肩膀斜削、胸膛扁平，但最惹人注目的还是他那双古怪的、闪烁不定的、显出焦虑不安神色的、几乎像一只受到惊吓的鸟的眼睛。

谍报大师——科恩

摩萨德是以色列中央情报和特殊使命局的别称，是世界上最著名的情报机构之一。它以其卓有成效的工作、雄心勃勃的胆略令人敬畏。

伊利·科恩是摩萨德优秀谍报人员的杰出代表，被其主子称为无可匹敌的情报专家，享有“西方佐尔格”的美誉。他以归来的阿拉伯大亨的身份只身潜入叙利亚，广泛结识军政要员，出入于政府首脑机关，窃取了大量绝密的政治、军事情报。叙利亚反间谍机关在“苏联技术专家”的协助下当场把他抓获，1965年5月被当众绞死。

东方魔女——川岛芳子

川岛芳子（又名金璧辉），这个被称为东方魔女的“男装女谍”，作为日本策动伪满独立、与国民党居间调停、互相勾结的“秘密武器”，在日本侵华战争发挥了重要的作用。她曾参与“皇姑屯事件”、“9·18事变”、“满洲独立”等重大秘密活动，并亲自导演了震惊中外的“1·28”事变及营救秋鸿皇后等臭名昭著的卖国活动，成为日本谍报机关的“一枝花”，受到特务头子田中隆吉、土肥原贤二等的大加赞赏。

纵观川岛芳子的一生，可谓是不折不扣的大间谍、大汉奸，必把她作为第一号女汉奸处决，方泄国愤！

间谍王子——菲尔比

哈罗德·金·菲尔比是世界间谍史上最著名、最成功的间谍之一。

而他本人是英国人，早期就信仰共产主义，1934年在维也纳进入苏联情报机关成为情报员。1940年，他打入了英国秘密情报局，在该局步步高升，最终成为英国情报机关的一名高级要员。他利用职务上的便利条件，为苏联提供了大量重要情报，成绩卓著。1963年，他由于身份暴露出逃苏联。为表彰他的事迹，苏联政府给他很高荣誉，授予他“红旗勋章”。

闺中谍秀——贝格尔

如果华沙条约组织决定进攻北大西洋公约组织的国家，它可以不费吹灰之力，顷刻就可迫使西德就范。自从德意志联邦共和国的赫尔

加等十几位漂亮女郎先后成为东方间谍之后，西方的绝密文件如同流水一般泄露而出。华沙条约组织发动闪电式袭击所需的战斗性情报来自这些闺中谍秀，其中主要是赫尔加·贝格尔。

“大量女秘书变成间谍，波恩政府当局不得不在各部到处张贴这种布告：“警惕躲在暗中的唐璜，甜言蜜语能够撬开保险柜……”

改变战争进程的女人——辛西娅

战争让女人走开。也许是这样，但辛西娅绝对例外。正是这位娇艳迷人、富有勇气和智慧的非凡人物，在第二次世界大战中施展手腕、大显身手，为盟军在北非登陆建树了杰出的功勋。这位美丽动人的美国女郎充分意识到自己的特长，具有一种准确无误地知道如何利用一个男人的感情及触发其敏感区的才能，这使得辛西娅在各种类型的间谍中显得特别光彩夺目。在女谍史上，辛西娅是无与伦比的、接近完美无缺的间谍。

双面巨谍——波波夫

达斯科·波波夫是二战期间最著名的双面间谍。

他委身纳粹的“狼穴”，为盟军的胜利甘冒种种危险，并且取得了巨大的成就。在某种程度上，他的谍报生活堪与伊恩·费莱明小说中的詹姆斯·邦德相媲美，而且其间谍生涯的紧张性和危险性更加激动人心，充满着罪恶与仁智的殊死搏斗。他被西方谍报界誉为最勇敢、最快乐的谍报天才，具有巨大魅力和个性上的吸引力，连前英国情报机关的头子斯图尔特·孟席斯少将也对他赞叹不绝，说他“太诡计多端”。

朋友，如果想当间谍，请谨记达氏名言：“要使自己在风险丛生中幸存下来，最好还是不要太认真对待生活为好。”

笑面虎——武尔夫

人类就像一个永恒的竞技场，在这里，正义与邪恶、民主与专制，真善美与假恶丑的不断较量推动人类社会向某一难以预测的方向前进。这个竞技场中的表演者无疑就是人本身。然而，由于不同的人的素质、背景和遭遇各不相同，他们表演的角色、水平也就仪态万千。

武尔夫，这位谍报史上的天才人物，无疑进行了极其精彩的表演。作为一名双重间谍，他一面为二战时的同盟国搜集最重要的政治、军事情报，从而为正义战胜邪恶建立了不朽的功勋；另一方面，他又以虚假情报成功地欺骗了纳粹德国，以致于直到战争结束他们仍将他视为忠诚于纳粹的间谍。他的精彩表演已受到当代人的交口赞誉。Z推理

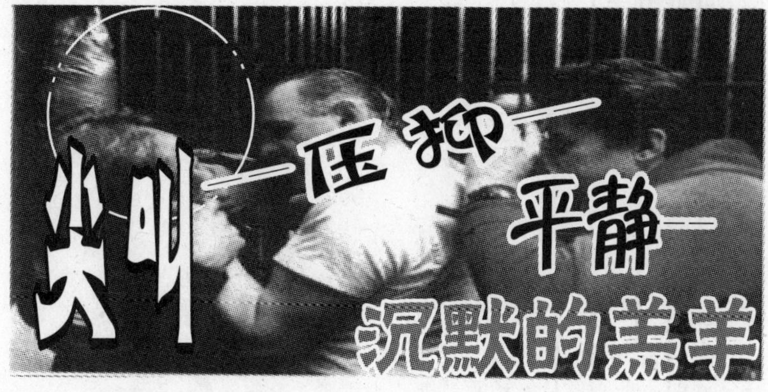

整理 / 小白龙

导　　演：强纳森·德米（Jonathan Demme）
主　　演：茱蒂·佛斯特（Jodie Foster）
安东尼·霍金斯（Anthony Hopkins）
史考特·葛伦（Scott Glenn）
安东尼·希尔德（Anthony Heald）
原　　著：托马斯哈里斯
出品年份：1991 年
片　　长：118 分钟
影片简介：荣获第 64 届奥斯卡金像奖颁发的最佳影片、最佳导演、最佳男主角、最佳女主角、最佳改编剧本。

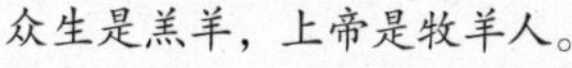

众生是羔羊，上帝是牧羊人。

——《圣经》

羔羊不仅寓示着某一个单个的人，所有生活在现实社会中的人们亦都如是，而在那沉默背后则也许正潜伏着属于我们每一个人的不同的恐怖与危机！

童年的梦魇缠绕他们，一个努力压抑，一个拼命蜕变。

直到女特工击毙了“野牛”，两个人都解脱了。

羔羊平静了，蛾子最终没有成蝶。

女特工在十岁那年，做警察的父亲去世了，被迫寄居在姨夫家，两个月后某夜被羔羊的尖叫声惊醒，逃跑，抱着羔羊逃跑……

但受伤的羔羊还是死了，那尖叫却一直伴她成长，压抑在心底。

“野牛”，童年母亲教育的缺失，导致人格处于分裂状态，思维和心理还停留在幼稚期，发育很不完全，对胖女人的迷恋，来自于潜意识对成为女人的渴望，以来获得母亲的爱。

他希望像蛾子一样蜕变，但他反社会的一种变形只能预示着死亡。

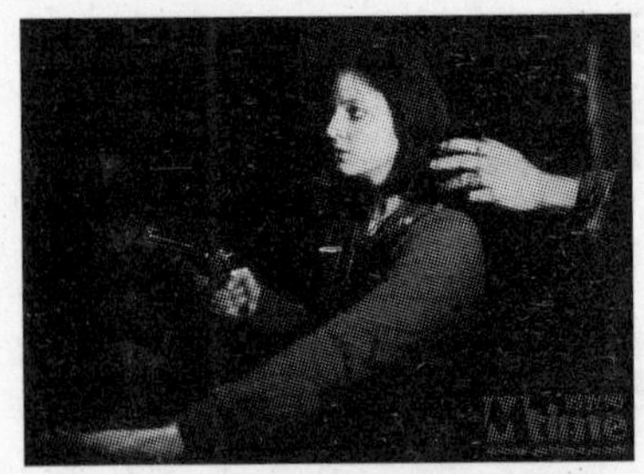

内容简介

克拉丽斯是联邦调查局的见习特工。她所在的城市发生了一系列的命案，凶手是一名专剥女性的皮的变态杀人犯“野牛”比尔，迄今为止，受害的女性已达5人。克拉丽斯的任务是去一所戒备森严的监狱访问精神病专家汉尼拔博士，同他进行面对面的交谈，以此获取罪犯的心理行为资料来帮助破案。

汉尼拔被关在地牢里，他是一位智商极高、思维敏捷但有些精神变态的中年男子，并且是个食人狂，他要求克拉丽斯说出个人经历供自己分析以换取他的协助。克拉丽斯的思维能力完全不是博士的对手，她临阵败逃了。不久，警方又发现了一具女尸。根据验尸分析：凶手使受害人活了3天，死前没有强暴或虐待的迹象，凶手喜欢身材较胖的女子，常常把她们饿得皮肤松弛之后才杀死。克拉丽斯又发现了两个新的线索：其一，死者背部被剥去了两块菱形的皮；其二，死者喉咙里有个小手指大的虫茧。据昆虫专家分析，这是源于亚洲的一种蛾，被称为“地狱昆虫”。

又有一位女子被绑架了，这一次是参议员的女儿。克拉丽斯向博士求助，博士仍对她进行心理分析，克拉丽斯说出童年的最痛苦的回忆是父亲去世后的一段日子，她寄住在办牧场的姨母家里，可是两个月后就逃走了，但从此常常听到羔羊的惨叫……

博士提示克拉丽斯，蛾的特征是变，由虫变成蛹，又由蛹变成

蛾，“野牛”比尔也想变，由于童年时遭到过继母的虐待，比尔产生了一种变态心理，他去过变性手术中心，但是遭到了拒绝……他们的谈话被主治医生齐顿窃听去，他想抢头功，于是对汉尼拔进行严酷的审讯，然而一无所获。克拉丽斯闻讯赶来，经过一番心理分析，汉尼拔了解了克拉丽斯为什么总会听到羔羊的惨叫，可正当博士要说出凶手的名字时，齐顿带卫兵赶来把克拉丽斯架走了。不久，博士利用齐顿丢下的圆珠笔做成钥匙打开了手镣，杀死了卫兵，逃之夭夭。克拉丽斯一个人继续寻找线索，逐渐把对象锁定在一个叫詹米·冈的人身上，因为他曾在海关提过一箱来自苏里南的活毛毛虫，还去过变性中心。

克拉丽斯找到了“野牛”比尔的住处，她和凶手在阴森的地下室里发生了激烈较量，最后克拉丽斯击中了比尔，救出了参议员的女儿。“野牛”比尔被击毙了，然而更危险的人物却又出现了。在庆功会上，克拉丽斯接到了汉尼拔博士的电话，电话挂断后，汉尼拔戴着墨镜，无声地进入人流，寻找他的猎物——齐顿去了。

《沉默的羔羊》（The Silence Of The Lambs）看到这个影片的名字，绝大数人的脑海里马上会闪现出变态食人医生汉尼拔那张恐怖的脸。的确这部改编自托马斯哈里斯所写小说的电影，成功之处不仅是创下了在全美劲收 1.3 亿票房，几乎囊获了当年全部重量级的奖项，还塑造了汉尼拔这个堪称反面角色中最为经典的形象。

《沉默的羔羊》深刻反映了九十年代以来美国现实社会中的犯罪问题。故事讲述联邦调查局见习特工克拉丽丝接手了一桩连环杀人案，凶手剥皮杀人魔“水牛比尔”残忍地剥去死者的皮肤，而且死者全部为女性。为了能够尽快并且顺利地解决这个棘手案件，她不得不求助于正在监狱中服役的杀人魔头汉尼拔·李克特教授，汉尼拔是一位智商极高，思维敏捷并有些精神病的中年男子。他沉着、冷静、知识渊博而又足智多谋。有着食人肉的恐怖嗜好。曾经身为精神分析专家的李克特治疗过“水牛比尔”，警方希望通过一名杀人魔头的帮助而去抓住另一个杀人魔头，这是多么具有讽刺意义的一件事啊！

作为 1991 年成本最少的影片之一，《沉默的羔羊》的成功令许多影评家大跌眼镜。但不可否认的是，片中实力演员大飙演技，是影片取得票房的有力保证。扮演食人医生的正是被誉为“戏精”的安东

尼·霍金斯，作为英国老牌演员，他的演技向来无可挑剔，而在这部影片中的表演更是被美国《娱乐》周刊称赞为其演出为“有史以来银幕上最恐怖的角色之一”。片中汉尼拔出场的镜头令人不寒而栗，梳理得整整齐齐的头发、好像要刺穿人心的

眼神，端正地坐在牢房的正中央，看起来就好像一个英国绅士，但是当他开口的时候，那恐怖的气势就向你席卷而来。而出演对手戏的茱蒂·佛斯特也十分传神地表达出因为幼年时曾目睹羔羊被杀，所以存在心理障碍的年轻特工的坚强性格和意志力，而且毫不做作。

本部影片不仅情节悬疑丛生，而且在包装和宣传上也煞费苦心。影片的片名用了复数——Lambs（羔羊），正是借助这个寓意告诉观众们，在现实生活中，每个人其实都是羔羊，都在自己的沉默背后隐藏着不同的恐怖和危机。还有一点，如果你仔细地观察一下《沉默的羔羊》的封面图案就会发现，遮住茱蒂·佛斯特嘴巴的那只飞蛾竟是由7个女人所组成的，而片中被“水牛比尔”杀害的女性也正好是7名，而且飞蛾在影片中侦破“水牛比尔”一案起了重至关重要的作用。这些都显示出了影片的工作组的良苦用心。

观看《沉默的羔羊》时，观众们的心从始至终都悬着，思维完全融入了影片紧凑紧张的情节之中，这不得不佩服编剧泰德陶在影片中表现出的强大控制力，还有就是其他工作人员尽心尽力的出色发挥。

将著名的小说改编成电影，是非常具有挑战性和困难的。失败的例子举不甚数，而《沉默的羔羊》却打破了常规的束缚，取得了骄人的成就。各家制片商又怎么会错失为这部经典影片拍摄续集的大好商机呢？所以10年之后，更为恐怖的《沉默的羔羊》续集《汉尼拔》诞生了。如果你想知道什么才是最经典的惊悚电影，那么我建议你去看《沉默的羔羊》系列。

推荐指数：★★★★☆

观赏指数：★★★★

收藏指数：★★★★★

Z推理

掌中的小鸟

文/加纳朋子
图/潘广维

要说我最讨厌的事是什么的话，莫过于在拥挤的时刻突然被人从背后拍肩膀了。

那时的我就像深海鱼般悠然自在，在人群中游着。人们的窃语声，笑声，以及不知从谁的随身听

里漏出来的音乐的碎片。嘈杂的广告词，淡淡的香水和烫发液的臭味。泛滥的色彩，交错的光线。

盘旋在这些之中，我的思考缓缓地流动着。

虽然那只手不过是很轻很轻地放在我右肩上，但已足以使我惊惶。那一瞬间，我想必是一脸惊惶，就像上钩的提灯鱼。

一回头，S学长站在那里。

"……好久不见了。"

小心谨慎地传递像被遗忘在数公尺之外的"日常"，我简短地打了招呼。S学长有点上气不接下气地微微苦笑着。

"好久不见了，嗯？你这家伙还是一点没变的那样冷淡啊。我早在对面就看见你了，拼了命跑过来的。"

阳光照着马路的另一边。拐进步行者天国的银座，满满的都是人，人，人。在这么多人中居然可以找出认识的人的脸我实在是佩服不已。

"今天一个人吗？"

越过他的肩头，我的眼神询问着他。想必他一定也察觉了我的言外之意。他暧昧地点了点头。

"只是想去银座瞎逛看看。你呢？"

反问回来的这种感觉，有点性急得不像他。

"我嘛，也差不多。"

"真的吗？"

他以很怀疑的神情盯着我的衣服瞧。

"我还是第一次看到你穿成套的西装呢。"

"请别把现在的我跟学生时代的我混为一谈。现在的我可也是有模有样的精英白领阶级。"

"说什么精英分子的就太多余了吧。不就是人要衣装吗？"

这样不正经开着玩笑的他，穿的是和我相反的简陋。洗到褪色的牛仔裤配着运动衫，然后苔绿色的毛衣随便地披在肩上。跟他大学时一样没变的打扮。

四年，这样的岁月究竟算长还是短呢？至少在外表上看来，他跟我最后一次见到的他完全没有什么差别。不仅是服装，还有端正的相貌，结实的体态，和微带讽刺却无一丝邪气的笑容。

而在同样的四年内，我究竟受了外界多少影响我并不清楚。但内心的变化是最近的事，所以到现在还能清清楚楚地意识到。

若要具体举例说明的话，大学那时我会认为把自己的想法百分之一百表现出来是最好的。但现在知道，十分最多说三分，其他都留在心中比较好。

总之就是这类的改变。

我们理所当然地同行，结伴进了一间咖啡厅。然后在近到简直像奇迹的地方，马上找到了空位。

点完咖啡之后，我们的对话又

热烈地开始。暌违四年才得以再叙，可说是大学的学长学弟间才得以有的对话——大多是每个朋友们的近况——之类的。而且（恐怕对我们两人都是），全部都是些食之无味弃之可惜的对话。

在话题转到朋友婚礼上的意外，两人笑了一阵后，我以有点客气的语气问着，“对了，说到这里，容子她……令夫人还好吗？”

“马马虎虎呀。”

S学长草率地回答，将打火机弄出咯叽咯叽的声音，点起了一支烟。

“戒过一阵子烟，结果还是又开始抽了。”

像是为自己找理由地说着，然后暧昧地笑了起来。

“咦？戒烟？”

像笨蛋般呆愣着，我应着声。一缕紫色的烟，摆动在我们之间。虽然对自己提出这种愚蠢的问题有所不满，但我的自我嫌恶更在此之上。

坦白说，光是这个月我就曾三次接到容子打来的电话。全都是录在答录机里，只有一方自言自语声音的电话。

不知为何沉默流动着，我将容子那奇妙的留言，悄悄地在心中反复推敲。

“……我现在不在家。若您有事找我的话，请在哔声后留言。”

我在答录机里录下的，就是这么极其平凡的话。再进一步说，既不讨人喜欢也不惹人讨厌，是有点才衰的口吻。既然不可能随自己高兴去做，会自然而然地变成这样也是无可奈何的事。但不知道是不是因为这样，一听完录音马上就挂电话的家伙相当多。虽然可以理解他们的心情，但这样电话答录机就无用武之地了。

一开始以为这是无伤大雅的无声电话中的一通。正想切掉时，突然像是感觉到了什么，下意识地缩回了手。接着，在长而犹豫不定般的沉默之后，我听见了“声音”。

“……是我。知道吗？已经忘记我是谁了吧。”

是柔柔的女中音，却又是像少女的声音。忘不掉的。我怎么可能会忘得掉呢？

又是短暂的沉默。微微的呼吸声。

“你还好吗？我……是啊，我已经死了啊。我……被杀……了。”

没有声音。唐突地被切断的，只有一个人自言自语的电话。那天惟一记录到的，是这通奇妙的留言。

“我……被杀……了。”

“我……被杀……了。”

“我……被杀……了。”

反复按了好几次重听键，都是一样的言词。像是冰冷的墙反弹回来的，冰冷的回声。

被杀了？她？被谁？

这么说来，这是幽灵的留言吗？来自被杀害，寒冷而苍白地倒卧着的容子幽灵的讯息……

真像笨蛋。我摇了摇头。这一定是她的小小恶作剧，她的一时兴起。她一流的，有点恶作剧的游戏。我决定这么想。

但，宣告游戏结束的权限并不在我这边，她的游戏，第二天仍在持续着。

“……我，被杀了。每天，每天，一点一点，慢慢地。”

机器里出现容子的声音。那是她现在为何存在，和思考着什么完全都无法推量的无表情的声音。

然后昨天，第三通电话。

“我，不能变成云雀呢。”

短短的笑声。那绝非快乐，而是带着自嘲的虚无声响。这个最后的讯息是当中最短的一个，却是最令我动摇的。因为那是一个关键字。

云雀。在云中，自在婉转啼叫的小鸟。

那些渐渐忘怀，不，是相悖忘怀的记忆，就因为这样小小一个鸟名，竟又鲜明地被唤醒过来。

那是学生时代的事，那时S学长是大四，而她和我都才刚升上三年级。

“青春”这样的字眼，在那时完全没有想过那是为我们而准备的词汇。说来不好意思，虚掷青春，我们的情况比较像这样。那就是从字面上来看的“青色的春天”，到了现在更加能体会。

苦涩的春天。

不安定的，青绿色。

“可以吗？钴蓝色，蔚蓝色，群青色。”

“群绿色，群金色，群青色。”

她在我眼前一次又一次排列展示着银色颜料管，我信口开河地瞎扯。容子略带斥责的眼神看着我。

“绿蓝色，浅蓝色，靛蓝色，标准蓝，怎么样？虽说都是蓝色，可也分很多种哦。”

“原来如此。”

“那，接下来换绿色咯。深绿色，翠绿色，钴绿色，镉绿色，铬绿色。很可惜，这里放的只有这些。”

“那么，还有其他的了？”

“绿色很壮观的。听说多到美术用品店都得特别开一间储藏室来放呢。还有铬氧绿色，绿土色，暗绿色，橄榄绿，合成绿，然后还有……”

像是在替自己喜欢的食物排名一样，容子高兴地罗列着。听在我耳里是那样令人舒畅的女中音的声音。

“白色呢？”

之所以这样问，是因为白色颜料管的数目明显很少，但每一管却都很大。她有点遗憾似的拿起了经常使用的颜料管。

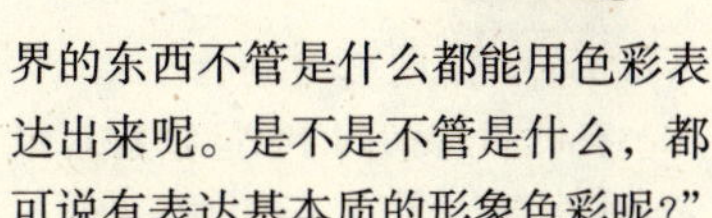

“白色就没有什么了，银白，粉白，这里就只有这两种而已。但其他还是有的。”

“白色就是白色吧？我看来都一样。”

我比较着那两管颜料上的标签，蓝或绿都有各种不同的色调者还可以了解，但为什么连白也有种类之分呢？这一点我到今天还是不能理解。

“银色不太适合初学者呢。”

“唉？油彩也有专家、生手之别吗？”

“用不着这么惊讶呀。虽然有许多理由，但最重要的理由是粉白比起银白要便宜多了。”

“原来如此，还真是实际呢。”我煞有介事地点头。

“那黄色又如何呢？”她高兴地拿起贴有柠檬色标签的颜料管。

“你现在拿着的该是柠檬黄吗？”

“是呀，你很清楚嘛，也有人称它做橙黄。接下来还有黄褐色，镉黄色，钴黄色……”

“好了，好了。”我苦笑着挥手。“光是记话剧的名称就很累人呢。为什么会有这么多呢？”

我知道的颜色种类，完全就跟小学生的画具箱内容一样，十二色左右而已。

“这样啊。可是，”容了微笑着。“世界不正是由色彩构成的吗？我画图时常常这样想，这个世界的东西不管是什么都能用色彩表达出来呢。是不是不管是什么，都可说有表达基本质的形象色彩呢？”

这一刻，她的口吻就像闪亮的云母发着光辉。我一边觉得很耀眼一边看着她，问：“人也是这样吗？”

“当然。对了，你是深黑色呢。这是从桃子或杏所碳化的种子做的颜色哦。也称蓝黑色，是微带点青，极漂亮的黑。”

“那你呢？”

我仅是随口一问，她却着实烦恼了好一会。过了一会，她有点落寞地答着，“群青色吧。”

“啊，那个嘛，真的很适合你呢。”我点点头。从颜料管挤出的，是微泛点紫，美丽的深蓝色。

事实上，不要说是油画，只要是和美术相关的知识及鉴赏力我都没有。但，她的确是有才能的，我敢自信地断言。

她的画有一种不可思议的魅力。在线与面构成的某处，存在着一种可爱的韵律；而她独特的用色也有一种不安的美感。

“你很有才能呢，真的。虽然我对艺术可说是个门外汉。但能有连外行人都被吸引的力量，那是了不得的。”

不太常当面赞美人的我，面对她的画时却毫无犹豫地献上赞美之词。

那一刻，她一定是以有点困惑

又羞怯的笑颜面对我。

在我参加的同学会，S学长进来。校庆时，他为了些什么芝麻绿豆大的事在找我。而他找到我的地方正是美术社。但S学长到底为了什么事找我，我到最后还是不知道。

但是，他第一次看到容子时，一切琐事一定就从他脑海中漂亮而干脆地消失。虽然说起来讽刺，但不知为什么，我却无法怨恨事情这样的演变。大概是因为S学长对容子的爱慕是那样直接而纯粹吧。

他对容子的画看都不看一眼。他只是直直地，望定她。从一而终，一直这样。

"这家伙一定都搞不清楚自己的本分。"

他环着我的肩膀笑道，"没想到美术社有这么可爱的女孩。"

对于我或是其他一些什么，浮出困惑般的笑容。我用肩膀承受着学长的重量，确实感受到有些什么即将发生的预感。

结果，可说是没有缘分吧。

不用多久，就听到两人交往的传闻。

但那不过是不负责任的马路消息。事实上，S学长总是向我抱怨她。

"喂，要怎么做才能把那女孩从油画架前拉开啊?"

我只能笑着摇摇头。尽管他是个脑筋很好的男人，偶尔也会有令人难以置信无邪而迟钝的一面。我无论如何也无法去讨厌S学长，对于他这样的单纯，我也感到欣羡不已。

如果，没有发生那件事的话。

在学长抱怨容子的同时，容子正一心专注在她的新作品上。

她对盯着她作品而不感厌倦的我，或是专注热情地看着她的S学长，完全是视若无睹。她已将思绪沉浸于某处的神情，专心埋首于眼前作品世界。而她这样带着紧张神情的侧面，是足以令人叹息的美丽。但她作品的美丽却更在她之上。

那时她的作品，毫无疑问是一幅杰作。

虽然那只不过是一淡灰色绘出的线条，我却这样深信着。

铅笔稿明确轻快，洋溢着速度感的线条，整体构图充满趣味。我充满期待地想着，一边看着她进行。容子在画布里添上一笔又一笔，就能使作品接近完成，更进一步使其接近完美。

频繁使用的笔尖吸满了画用油，恰到好处地混合了数种色彩。缓缓溶化的颜料，具令人意外的表情彩绘画布。随着时间一天一天经过，这些表情也一刻一刻在改变。最初是一片鲜红的部分，到了第二个礼拜却变成了闪耀光芒的白色。

"这样子重叠色彩，画出来的

画才会深刻。”

容子这样的说明多少有点不着边际。被裁成矩形的画布，就是那时容子世界的全部。

容子的世界，容子的画最大魅力，大概是那独特的用色。尤其是当时那幅画般的不可思议色调，前所未见。尽管使用的是她喜爱的蓝绿寒色系，却可以感受到轻柔温暖的色彩。精妙之美，色彩的泛滥。那些微妙的色彩，在织细的构成中复杂地结合，维持着危险的均衡。

若是在这之上再添任一笔，这画就会毁掉而死去。就是在这样危殆的一瞬间，她静静地搁笔。

尽管我从铅笔稿的构成一直看到现在，我还是忍不住赞叹，以新的眼光欣赏完成的作品。

目光刚触及这幅画，就是令人赞叹的蓝。容子幻想中的天空。世界上所没有的天空撞击胸口的色彩，鲜明带有忧郁。在那片蓝色之中，有着鲜烈的绿，眩目的黄，闪亮的白，像是渗出泪的风景般舞动着。

整体的印象不知哪里让人联想到夏卡尔。在这样一张画布中，天空，森林，街道混沌成一片。可爱的韵律及一定的秩序皆像魔法般维持着。而浮在全体之上的，是一只鸟的形状。那体型虽小，却飞翔于天空，有着强而有力的双翼及美妙歌声的一只小鸟。

“标题是云雀。”

容子以从完成后的虚脱中挤出毫无抑扬顿挫的声音说。我不出声地点头，过滤好一会才说，“太棒了，真的。”

没几个字的简短言词，却是最高热情的赞美，她露出往常的笑容。容子在聚乙烯制成的吸笔罐里以不必要的时间洗着笔。然后呆望着沾在笔上鲜亮的蓝色，沉淀成灰色的沉渣。

容子说他打算将完成的作品拿去参加明年要举办的一个比赛。那是个规模小却极具权威的美术展。

“这作品了不得，可是幅杰作呢。一定会入选的，到时容子就可一跃成名，那可不是梦想哦。”我对S学长这样说着。但却不能确定自己之所以这样说是不是有什么意图。但，当我看到对方端正的脸庞皱成一块时，心中确实想着果然二字。

他绝对不希望容子被称为年轻有为的女性画家，被大家所示好。他期望的是文静，平凡的容子。

看着露出嫌恶表情的S学长，我内心窃笑着。他到头来还是一点也不了解容子。他只是通过自己希望的观景窗来看她。

以这种苦涩的优越感，我到底是想要蒙蔽什么呢？

完成作品的容子，有好一阵子都没再踏进美术社。她的“云雀”在画面的内侧四边都弄上了夹子，最后收进了社团教室的某一角里。

被关在这么狭窄的空间里，小鸟想必觉得很拘束吧。我那时怀抱着这样多愁善感的想法。

然后，事情发生了。

那是春暖花开时节的事，樱花露出暧昧微笑盛开的时刻。在一片春霞之中，混入了奇怪的腥臭味。记忆中的，腐臭。

事情的经过是从我跟容子一同去美术社开始的。容子的老旧钥匙喀嚓一声地开了门，先行进了教室。跟在后面进去的我，随即被令人不快的恶臭包围着。那是微积的灰尘的臭味，亚麻仁油的臭味及松节油的臭味。这些油刺激的臭味我是绝不会讨厌的。这是容子世界的臭味，和容子住的宫殿一样的臭味。

“让我看看那张画吧。”我说，“好久没看到了。”

容子默默地点着头，将银色的夹子一个一个拆开。当最后一个夹子被拿掉时，云雀又再次飞跃到外面的世界来。

我首先看见容子娇小的身躯异常僵硬。接着越过她精致的背影，我看见了那幅作品。

那时让人不由自主想转过身去，不忍目睹。

容子的“云雀”被残忍地玷污了。黑褐色，深灰色及暗灰色，皆是难以表现的丑陋色彩。而那些污浊的色彩交织的模样，就像一张网覆满在容子的画上。

若说只是单纯的恶作剧，那未免又太过精细且周到了。浮在鲜明蓝天里的纯白云朵，本来该是这幅画灵魂所在的地方，现在化成了浮于海上令人厌恶的粉红色水母。我看着那仿佛快要渗出般随便草率的色彩，感觉几欲呕吐。

究竟是谁，以这种昏了头的热情毁坏容子的画？为了什么？

我不出一语畏缩地站着，惊恐地看着容子。那一刻她的表情，我无论如何也忘不掉。看着那样原本鲜活的人，色彩完全改变，前后只在顷刻。

容子的脸瞬间苍白起来。孱弱的肩膀微微颤抖着，恐惧的双眸乞求地看着我。才这样想的同时，她随即转身，跑出美术社去。

为什么那时我没有追上去呢？事后我曾不知多少次这样问过自己。如果我抓住她，将她抱进怀中，紧盯着她的脸庞，是不是就能改变什么呢？

不，或许什么都不会改变吧。容子快速地跑着，往S学长的方向奔去。我一定是有这样的预感，所以才没有追她。

而在那次之后，容子突然不再画画了。

“我抓到了青鸟哦，是幸福的青鸟哪。”在樱花谢尽的那一刻，S学长特意这样跟我说着。那时，我心中就暗暗地怀疑起来。

（喂，要怎么做才能把那女孩

从油画架前拉开啊?)

他曾有过的爽朗感叹，在我脑海中回荡着。要怎么做好？该怎么做？

而这不就是最具效果的手段吗？有效而决定性的手段吗？然后就这样实行……？

我用力地摇头。没有证据，这样只不过是卑鄙的中伤罢了。但一旦心中生出疑惑，要把她除去就没有那么简单了。就像污染容子作品的画笔，我的心中也筑起了灰暗的蜘蛛巢穴。

被诬蔑的蓝色。被捕在手中的小鸟。若是这两者之间有什么关联的话……

“怎么啦？呆呆的样子……”

点着第二支烟，S学长说着。但是说这种话的他自己，大概也发了好一阵子呆。我们两人相视对笑，把尴尬的气氛一扫而空。

“喂，你呀。”

他用跟以前一样的口气说着。“关于容子的事，我刚刚骗了你不好意思。她在最近是有点不太好。”

我惊讶得张大了眼：“她生病了吗?”

“不，不能这么说……”S学长欲言又止了一会。“我们的一个孩子流掉了，差不多才一个月前的事。身体是没什么好担心的，但精神上该怎么说……那家伙这一阵子一直很不安定。”

“那……”

我没有把话说完。一个月前，跟她打电话给我的时间刚好一致。

(我……被杀了……)

她这样说着。但死去的，是肚子里的孩子。

“一开始就看不下去了。她一味责怪自己。都是因为自己，是自己不注意的关系。不晓得跟她说过几次这也是没办法的事，都没用。死掉的孩子就让她受到这么大的打击，我已经受不了看她再这样可怜下去了。”他像是要一吐心中苦闷地说着，仿佛看着别人般地看着我。

“现在还是那个样子吗?”

若真是如此，也没有道理让容子就这样孤独下去。但对方以阴郁的眼神注视着我，摇了摇头。

“更糟了。故意要表现很有精神，但不过是昙花一现。看着她这样勉强自己心里都会痛起来。今天也是这样，实在待不下去了，所以就冲出来。”然后他又说为了她好，现在还是不要待在她身边比较好。烟蒂突然的变成了灰。曾经为了孩子戒过的烟……

“喂。”对遁入茫然之境的我，他又以跟之前相同的话语叫唤了一遍。

“我们说点心里话。我一直很想知道。为什么要做那种事?”

“嗯?”

“你该知道的吧？我们现在想的应该是同一件事啊。容子的画。

为什么要做那种事？曾经评价过她的画的人正是你吧？”

虽然能理解话的内容，但我还是呆了一会。然后，我愕然地看着对方。他认为我是毁掉那张画的犯人。

这到底是怎么一回事？

唔的一声，从我的齿缝间泄露出来奇妙的声音。事实上那或许是想哭也说不定。但我不知道如何哭泣，从肚子里往上通过食道涌出来的是带着颤抖的笑声。

对方有点不舒服地注视着我。在笑声间歇的空隙我说：“容子这么说吗？”

“不，那家伙才不会说这种话，这只是我的胡乱猜测而以。”

“那我就放心了”，我好不容易止住了笑，“你弄错了，那并不是我，我可以发誓。我呢，还一直以为是你做的呢。”

这是对方的脸色真的值得一看，他怪异地张大眼睛，接着愤怒地说：“那容子这么说过吗？”

“不，这只是我的胡乱猜测而已。”

我们两人呆呆地对望了好一阵，然后几乎同时大笑起来。

“你可以想想为什么我会怀疑你。是因为那把钥匙的关系。”对方不好意思地说着，“那时候有美术社的人除了容子与另一个社员，然后就只剩你了吧？”

“啊。”我意会过来，“因为她说她常弄丢钥匙，所以有一阵子我帮她保管。但到事情发生那时我已经没有钥匙了。”

“在那之前容子已弄丢钥匙了。”

像是想起什么关键般又仿佛没有的语气。

“就是这么一回事。对了，学长，这样坦白说开之后，我怀疑你的理由显得更加薄弱了。”

“那你一定要说给我听看看。”

对着吃惊的他，我轻轻地笑着说，“那时我那一文不值的自尊心作祟。”豪无拘束的，我说出了这样的话。

“……你真奇怪。”S学长目不转睛地盯着我说，然后露出了微笑，“但还是变成了个不错的男人。”

不知该如何反应，我只耸了耸肩。

“到了现在，才来探索那些或许有点无意义吧……”

“你指真凶的事？”

“嗯，对我而言能遇到学长就不错了。”

这也是完完全全的真心话，S学长却苦笑着，“此刻及是过往，时钟的针是不会逆转的。”

我点点头，“尽管如此，她因为那件事就停止了画画实在很可惜。她真的有才能，还拥有独特的感性。世界的全部都是由色彩构成的，

人也是一样。我好像是深黑色呢。”

“啊，不知为何她这样说过呢。我好像是一种淡绿色呢，一种氧化铬制造出来的颜料。”

“咿，真有趣。她说深黑色是从桃子或杏所碳化的种子的颜色呢。”

这么说的同时，我脑海的一角感到一种奇妙的刺激感。像是看不见的小刺不断地扎着戳着，在那里主张自我般。我看漏了最重要的事。有什么不太对劲，但究竟是什么？

突然间我站了起来。

“对不起，我突然想起我有急事，我先告辞了。”我强行将发票夺过来。S学长惊讶地看着我，随即疲惫地笑了。

“这样啊，那真遗憾。隔了这么久再见真高兴。”

那我还要再待一会，他这样说着的同时又点起了另一只烟。我匆匆忙忙地付了账，奔出了店外。有非弄清楚不可的事情，现在，马上。

我奔进附近的书店，朝着美术书的专柜走去。和美术年鉴，画集并列着的还有数种指南书与绘画技法。我找到了一本马上拿起来忙乱地翻阅，终于，找到了我要找的记述。

二十分钟后，我无力靠着公共电话，手紧握着话筒。

响了一声……两声……还是没有人接，数到十五的时候终于接通了。我深深吸了一口气。

“……是我啊。已经忘记了吗？”

我屏住呼吸，接着而来的不是机器的录音，我听见了她的“声音”。

“记得呀。”

“你不要老是趁我不在的时候打电话来呀。”

对方轻轻地笑了。

“我是趁你打电话时打，而不是你不在的时候哦。”

“那个啊，认真的上班族一般来说大白天是不会在家的，这你知道吧？”

容子浅浅地笑着。我以同样的调子继续说，“为什么，你要做那种事？”

短暂的沉默。

“什么事？”

“你该明白的吧？云雀为什么无法飞翔。你为什么要做那种事？”

“你在说什么，我不懂。”

以几乎听不见的声音，容子这样说着。

“哪，我就来说明吧。若不是我和S学长对油画是那么无知的话，那时就会理所当然地注意到了。虽然我到现在还是不完全清楚，但油画有所谓的禁忌色吧？一些绝对不能混在一起组合的颜色？”

我略停了会，对方沉默着。

“某一天，你告诉我深黑色是一桃及杏所碳化的种子做出来的，那时或许我应该要请你多教我一点。现在我知道得比较清楚了，但只是临阵磨枪罢了。举例来说，镉黄是从硫化镉做出来的，而绿色是醋酸铜，铬绿是铬酸铅及亚铁氰化铁，银白是盐机性碳酸铅，而钴紫是砒酸钴。简直就像化学课，不是吗？”

“够了。”

“不向你问个清楚是不行的哦。朱红色是什么跟硫化水银？还有，群青色呢？”

“硅酸铝钠。”

淡淡地，容子插了嘴。我畏怯了下。

“对，你果然知道得很清楚呢。我想都没想到，那银色小管里装着的东西，在油里居然也掺杂着化学式。而在这些化学物质中，混得的话会导致化学变化。所以油彩有一些绝对不能组合的颜色，那就是禁忌色。”

对方再次缄默无语。

“我现在列举的这些颜色全都是禁忌色，化学上极不安定，尤其是翠绿色跟群青色。还有银白色，那时你告诉我它之所以不适合初学者的理由是价位，但最重要的理由是它的禁忌色极多。以白色来说，比纯白色更纯白美丽呢！”

“那时你画出的色彩真的相当美丽。那暧昧而微妙的色彩。即使是到了现在看过的画中也没有那样的色彩，但，那是当然的。你选了绝对不能混合使用的的色彩来画那幅画。群青和翠绿，铬绿和镉黄的构成。这禁忌色混色的结果，或许可以得到片刻之美，但却还是逃不开化学变化，因而变成那样丑陋的色彩……”

那时的画还清晰地浮在脑海中。那像蜘蛛巢般交错而污秽，令人几欲呕吐的肮脏色彩。但那样织细的笔触居然就是容子本身画上去的。

“你这临阵磨的枪倒还挺光的。”

突然间容子又插了口。她以有点看不起人的口吻说着，但我觉得那只是竭尽全力虚张声势而已。容子又继续说着。

“你对画还是什么都不懂啊。虽说是禁忌色，但也未必就一定会变色。像银白色与朱红色混在一起虽说会变成黑色，而从以前就一直被用来当皮肤的基本色，有无数的使用例子，但真正变色的例子却几乎没有。即使要变化，也需要极长的时间。在那样短的时间内是不会起变化的。”

像是孩子回答父母般的口吻。这样的她令人感到可怜。但我无论如何都想知道实情。为了这个目的，无论如何都得狠下心来。

“的确，就像你说的那样。颜料是一粒一粒被油膜包住的，用药钵仔细地摩擦，不使其产生化学变化。但，使用大量的挥发性油，使颜料外漏的话就不一样了。那时你

用了相当多的松节油呢。”

缓缓溶掉的颜料。像大理石般描绘混同的色彩与色彩。慢慢地进行着化学反应。

“还有一点，被称为茜素胭脂红的红色上反复涂上白色，过不久浅红色就会渗到表面上来。这是一种被称为“哭泣”的现象。”我厌恶地想着，在脑海中描绘出那令人讨厌的粉红色云。“你在那一幅画中，将油画技法的禁忌反复了涂乐又涂。想完全打破规则，则自己一定要熟知规则。你是故意那么做的。故意地，糟蹋那幅画。”

我深叹了一声。然后，再次向陷入沉默的对方提出我最想问的事情。

“……为什么要那么做?”

有微弱的回答声。听不清楚的我又重新问了一次。

“机会啊。我想要一个机会。”

“什么的机会?”

“停止画画的机会。”

“为了什么呢。你有那么棒的才能。”

“因为你这样，我……”她的尾音听起来近乎悲鸣，“我的才能，任何人……连我自己都不相信。只有你，相信我有那样的东西。那确实激励了我，我很高兴，真的，但是，在那之后是怎么样的痛苦你知道吗?我没有才能，我最清楚不过了。而你是那样无条件地相信着，因为你那个样子，所以我……”

我听见她呜咽的声音。扰动我胸怀的声音。

把容子逼到走投无路的人，是我……?我在容子身上加了太多期望。在赞美的同时，容子却受着苦……

“真的除那之外没有别的方法?”

在短暂的沉寂后，我终于说了句。

结果到头来一点也不理解容子的人是我才对。容子自己只想过得平平凡凡的。我边听着她的啜泣声，边思索了一阵。

S学长是个好人，你要好好珍惜他。这样的台词眼看就要脱口而出，好不容易才留在嘴里。乱七八糟的，说了那样的话又能怎么样呢?

“让你承受这样的痛苦真对不起。请你……好好照顾身体。”

这样说着的同时，我准备要切断电话。容子察觉到我的意思，大声喊了出来。

“你不要道歉的，不是你的错。是我能力不够，我没有与你的期待相称的能力。如果我有你所相信的才能的话……如果能像你一样强的话，我……”

“如果?”

“……没什么。”

电话柔和却唐突地切断了。

她接下来究竟打算说什么呢?

我耸耸肩。再想又有何用?

走出建筑物，外面已经笼罩着暮色。在路上行走的人们步伐变得慌乱，汽车的尾灯一盏接着一盏。街上的霓虹灯亮了起来，银座开始改以夜的面貌示人。

我想之前的咖啡厅里头窥视。那里已经没有S学长的身影，只有幸福的情侣们，贴近了脸快乐地笑着。

如果再次遇到他，我又打算说什么呢？说你抓到的那只欢欣的青鸟，早在之前就已死去了吗？变成了冰冷，灰暗的尸体吗？

灰色——燃烧的化学变化的最后残存。毫无色彩。然后。

毫无边际的混色滴落的，浑沌。

我往回走，走出了混杂的人群。人，人，人，被霓虹灯管彩饰的街道，带着不安的繁荣……

我快步走着。已经够了。不论是抓住在高空飞翔的小鸟的男人，还是自投罗网飞进笼去的女人，以及没神经的，践踏着人最脆弱部分的我自己。

容子是蓝色的，过于不安定的蓝。而我连支撑它的力量都没有，就是这样。

我转过几个街角，走进地下道的楼梯。那个知名的咖啡酒吧，今晚已经被租下来了。

在人群中被S学长拍住肩膀前，我原本不太想去参加这个宴会的。因为公司同事的人情才决定参加的。但现在，我真想回到人群中去，非常眷恋人众。

推开沉重的门，就可听见那过于甜美的音乐及人群的嘈杂声。虽然我迟到了许久，宴会还没到高潮。

从经过身边的服务生手里接过了鸡尾酒，我漫步在会场中。统一的黑白色调格纹，是相当摩登的装潢。

突然在视线的一角，我瞥见极为鲜明的东西。

我叹了一声，伫立在原地。我的目光留在一个靠着酒吧柜台而立的女子身上。格子图样的皮包和鲜红色的连身裙相互映照。我像是被吸住，它像是燃烧旺盛的火焰，充满生命力的女性。

或许是我变了吧。正如S学长说过的。四年前我还不怎么能做得到的事，现在做得到了。我一定要和她搭上线，一定会有什么机会的。我就这样观察了对方好一阵子。

她对着身边看起来没什么男子气概的男人，以带挑衅的表情说着什么。随即，我就听到了这样洋洋得意的宣言。

“机会那些的，大抵不过是无聊的偶然罢了。”

原来如此。这一切都是无聊的偶然。若是S学长在这样的人潮中认出我来是偶然的话，那我和容子的相遇，容子和S学长的邂逅，和最后可说是苦涩回忆的结局，都可说是偶然的产物。

我一个人低低地举起酒杯。

为满脸通红的天使的侧脸，干杯。Z推理

百货公司的绞刑官

文 / 大阪圭吉
图 / 不死鸟

那是在某部电影——应该是德国片——的试映会认识青山乔介后约莫两个月的事。

清晨五时半，接获公司打来的电话，我和青山乔介为了采访这天一大早发生的跳楼自杀新闻，一同全速赶往 R 百货公司。

乔介是比我高三届的前辈，以前曾在某电影公司当过散发出异彩的导演，拥有特殊的地位，不过因为无法迎合日本影迷的一般喜好和公司的营利主义，毅然离开电影界，转为自由研究者，过着平静的生活。他勤奋而有耐性，如手术刀般敏锐的感受性和丰富的想像力，屡屡让我惊讶不已，另一方面，在各种科学领域，他又具备能够发挥周全洞察力和明确分析力的深邃知识。

我和他刚交往时，原本是想利用其惊人的学识来帮助我在职业上的活动，但是，随着时间的推移，我的野心转为无限的惊叹与敬慕。没过多久，我就搬离本乡的住处，迁居至他居住的公寓内，住到他隔邻的房间。由此也可知，青山乔介这个男人对我而言是具有何等难以抵挡的魅力。

五时五十分，我们抵达 R 百货公司。跳楼的现场是百货公司后面东北侧的窄巷，在凝结着血迹的柏油路上，附近商店的店员、工人和清晨路过的行人，有的仰头望着建筑物屋顶，有的则彼此频频低声交谈。

尸体暂时被收容在采购部门的商品堆置场，检警当局正好完成验尸手续。我们进入时，我那位刚升任OO警局调查主任的堂兄愉快地迎上来，同时略带得意之色地说明：这桩事件并非自杀而是勒杀；被害者是这家百货公司贵金属部门的收费员，姓名是野口达市，28岁，单身；在尸体摔落处附近，发现掉着镶有几颗钻石的昂贵珍珠首饰；该首饰是前天被害者任职的贵金属部门所遗失的两件商品之一；另外，尸体和首饰是今天凌晨四时，警方巡逻时所发现。最后，他补上一句，这桩事件由他承办。

听完他的说明后，我们获准接近尸体，亲眼见到如罂粟开花的凄惨模样。头盖骨粉碎，脸孔极度扭曲，上面凝固的黑红色血污形成恐怖的色彩，颈部可见到粗糙的勒痕，变色的局部皮肤多处裂开，少量的出血浸透毛巾布料的睡袍衣领。验尸露出的胸部，同样斜掠交叉着怪异的土色蚯蚓状浮肿，沿着浮肿线条，左胸一根肋骨已折断。尸体全身各处——两只手掌、肩膀、下颚、手肘等露出部位，留下无数鲜明的轻微擦伤，毛巾布科的睡袍也有两、三处裂开。

我记下这些凄惨景象的同时，乔介大胆地直接触摸尸体，仔细地检查手掌及其他擦伤部位，以及颈项间的勒痕。

“已经死亡几小时？”乔介站起身，问一旁的法医。

“六、七个小时吧！”

“这么说，是在昨夜十时至十一时之间遇害？那么，大约是什么时候被丢下来？”

“根据路面上残留的血迹，还有头部血迹的凝固状态判断，应该是凌晨三时以前。另外，至少至午夜十二时为止，这条窄巷都还有行人往来，因此时间范围能够限定在午夜零时至凌晨三时之间。”

“我也是这样认为。还有，被害者为何穿睡袍？被害者并非值班吧？”

乔介的这个问题，法医无法回答。

之前接受调查主任讯问的六位身穿睡袍的店员之一代替法医回答：“野口昨夜也是值班。这是因为，由各个不同卖场每晚派人依顺序轮流值班，是公司的规则，也是多年沿袭下来的习惯。昨晚的值班人员中，店员是野口、我，还有那边站着的五个人，加上清洁工方面的三个人，总共是十个人值班。因为是睡同一间值班室，值班者彼此之间多少相互认识。昨晚的情形吗？你也知道，现在公司每天营业至晚上九时，打烊后至完全收拾妥当为止约需40分钟。昨晚，我们分别锁紧门户后，熄灯就寝时已经将近十时。野口换上睡袍后，好像又出去，我以为他去上厕所，并未特别在意。之后，直到凌晨四时被警察叫醒为止，我一直睡得很沉。值班室吗……清洁工是在一楼，我们则是在三楼后边。从六楼通往屋

顶的门吗？并没有特别上锁。”

值班的店员说完后，乔介问其他八个人，除了上述内容外，关于昨晚的事，是否还有另外的发现。但是，没有人做声，只有童装部门的值班者表示，昨晚因为牙痛，折腾到凌晨一时左右才睡着，其间完全未注意到野口达市的床上是空着的，也没有听见任何怪异的声响。

接下来，乔介提出有关首饰的问题。

贵金属部门的主任一面用手帕拭着鼻尖的汗珠，一面叙述说：“我是刚刚接获通知才吃惊地赶来上班。野口是个好人……这件事很遗憾，他不是会被人怀恨的人。首饰失窃？我认为绝对与野口无关。首饰是前天打烊时遗失的，总共是两件，加起来约值两万元。依当时的状况推测，窃嫌应该是混在客人里头。不过，贵金属部门的店员当然不必说，连全公司店员都接受身体搜查，整栋建筑物更是由上到下仔细搜寻，这一、两天里搞得一团糟，却没想到又发生了这种事，真的是太不可思议了。”

主任讲完时，正好运尸车抵达，三位值班的清洁工抬着尸体，有点恐惧般地踉跄着步履运出。

乔介有些不忍心地看着，不久，回过头来，边拍我的肩膀边叫着：“走，我们去屋顶。”

百货公司看样子马上就要开始营业，不知何时，各个卖场都已经来了很多店员和专柜小姐，有的正折叠盖在商品上的白色纱巾，有的正忙碌地搬出商品摆饰。我们从电扶梯上望着这一切，很快到达屋顶。

立刻，刚刚在店内的郁闷心情完全舒敞了。我远眺初秋晴朗天空下扩展的街道屋瓦，不断深呼吸。

乔介走向应该是被害者野口被丢下的东北侧角落，弯腰，仔细看着贴地砖的地板，然后伸手入铁栅环绕的内侧三尺宽的植栽区，扒动灌木根部的泥土，不久，露出复杂的表情，对正出神望着在西侧角落喂食老虎的警卫，以及在东侧露台上修补汽球的男人和我，静静开口。

“你正在看老虎，对吧！怎么样，要不要也去喂食？……这可是一桩很有趣的事件哩！”

乔介已经往楼梯口走去。我心里一面在想，他终于介入这桩事件了，一面也忍不住内心的好奇，跟着他下到六楼。我进入电话室，先向公司报告概略情况，完成身为新闻记者的职责后，拉着乔介走向餐厅。

毕竟是早餐时间，餐厅内静悄悄的，只有靠窗的一桌坐着调查主任和他的一位部下，正在大口咬着三明治，一见到我们，他马上站起来，邀我们同桌用餐。我们也爽快

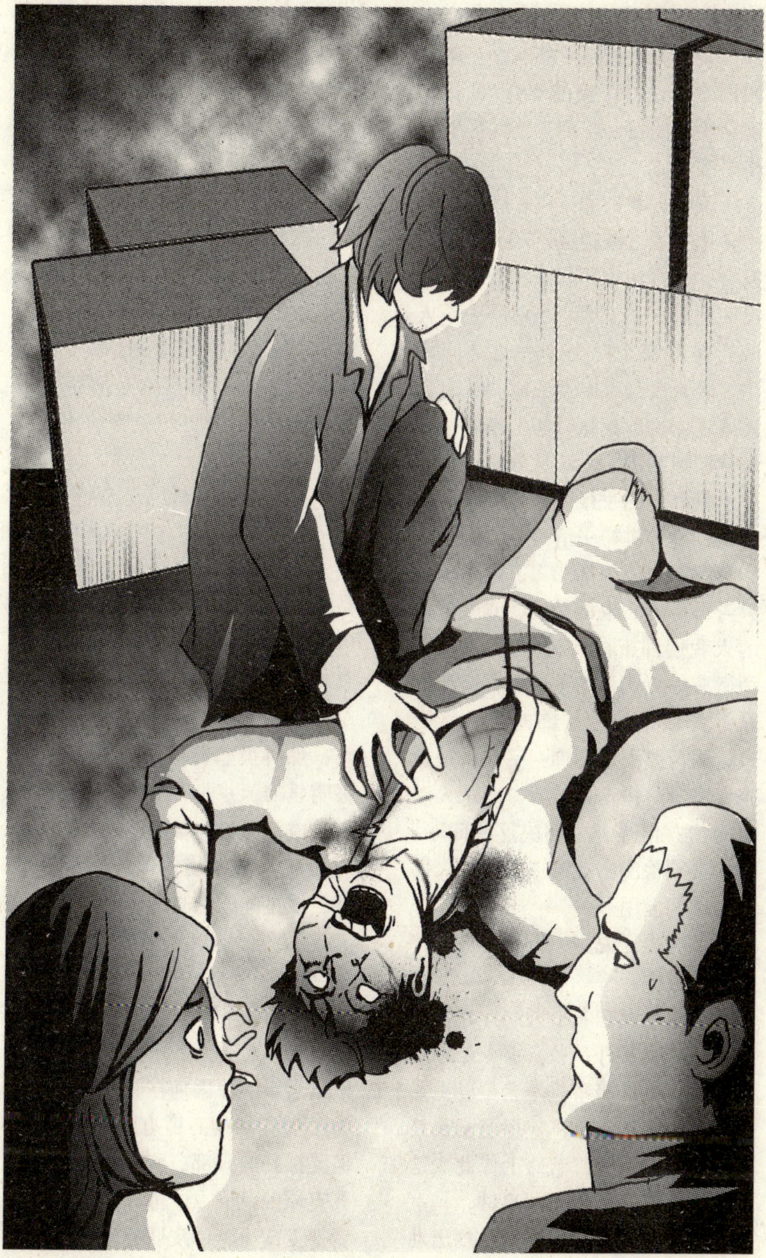

地就座。

女服务生过来点餐时，正望着四周华丽铁格子窗的乔介叫住她，确定大楼的每一层窗户皆同样有铁格子围住。

不久，我们开始用餐时，调查主任边啜着红茶边说："事件虽然复杂，不过很容易解决，因为，我是实地验证主义者。当然……杀人凶行是昨夜十时至十一时之间发生，今天凌晨零时至三时间从屋顶摔落地面。不论从时间上来看，或是从门窗紧锁、无法从外面进入之点来推断，凶手很明显是公司内部的人，不，讲得更清楚点，也就是昨晚留在公司内部的人。这件事我只告诉你们，也就是说，昨晚值班的人我们都正在彻底调查。只是，稍微有一点麻烦的是首饰方面的问题，如果是偷窃首饰的人杀害野口，为何要丢下首饰？又如果是被害者本身是偷窃首饰者，则杀人动机为何？但是，要解决这些问题，首先必须检测出首饰上的指纹。那么，你们慢用……"

调查主任说完，带着手下的警员走出餐厅。

一直默默吃着早餐的乔介嘴角浮现一抹微笑开口："那人是你堂兄吧！日本的警察总是希望以犯罪动机为第一优先，其实那经常只是表面、皮相，所以若碰上像此次这种乍看动机不明的犯罪事件，马上就会使事件复杂化。当然，找出动机是不错，我想要驳斥的只是，视动机为侦查犯罪的惟一线索的制式化单纯头脑。

简单的说，关于这桩事件，我认为重点不在珍珠首饰，而是尸体上所呈现的三个特徵。第一是，形成颈部勒杀致命伤及胸部勒痕——最初我误以为是鞭子之类的凶器所造成；第二是，双手手掌留下的无数横纹线条的擦伤痕迹，其中还包括几条纵纹；第三则是肩膀、下颚、手肘等裸露于外的部位出现的无数擦伤。

首先检讨分析第一个特徵时，我马上发现能够推定凶手若非好几个人，就是力气非常大的人物。同样的，第二项特徵的掌中的擦伤痕迹，明确暗示被害者因为手中握住某种东西而遭到摩擦受伤的事实。至于第三特徵的身体多处轻微擦伤，那种虽然轻微却粗糙的伤痕，很明显暗示并非刀子或其他金属类所造成，而是钝重粗糙之物，同时与造成掌中擦伤的凶器为同一物件，或是同样性质的凶器。而这点又显示，会造成那种擦伤的物件，是存在于行凶——严格说，是凶手与被害者打斗——现场，或是凶手直接携带在身上。不过，我认为应该是后者。原因何在呢？主要是因为虽然施加的力道有强弱的不同，但是擦伤与颈部、胸部的勒痕，却具有质的共同点。你回想一下被害者那变成土色的皮肤擦破、出血的颈部，然后根据极幼稚的观察和推理，不论从颈部没有留下绳沟之点，或是皮肤擦破的方式之点，应该可以很容易的领会到和第二、第三的擦伤是同一粗糙且粗大的凶器所造成。

根据对这些个别事实的检讨，我归纳出的结果是，形成我所分类的三种伤痕之凶器乃是行凶所使用的惟一凶器。因此，被害者身上留下的几处擦伤，并非打斗时遭到掉在现场的奇妙物体由外部所造成的伤害，而是来自凶手手中不断攻击的像蛇一样的凶器。问题是，继续推断的过程中，最令人感兴趣的是，被害者掌中留下的奇怪至极的擦伤痕。你总不能说死人会走钢索，对不？

接下来，那无数的擦伤痕迹乃是打斗时所造成，已经是毫无怀疑的余地，但是，凶行是在哪里进行的呢？当然，如果是在室外留下那样多的他杀痕迹之后再特地搬运到屋顶上推落，假装成是失足坠死，怎么说我都无法相信，更何况还有门窗紧锁的问题。那么，是在百货公司内行凶吗？为了肯定此种解释，我必须举出被害者与凶手打斗至遇害为止，完全未曾求救的惊人事实。这表示，凶行的最后地点是在屋顶。

这种推断方式很平凡，警方应该也有同感吧！不过即使有同感，在我下判断之前，至少明确的否定其他的一、两个问题。譬如，刚刚我从被害者身上的勒杀致命伤特徵推测的凶手若非好几个人，就是力气非常大的人物。但是，关于‘凶手是好几个人’，根据上述的检讨已经被否定，因为，依那种方式搭配的值班人员，不可能会共谋。结果，凶手就是力气非常大的人物了，那么，这个人又是谁呢？”

“事情真的很复杂呢！”我入神地听着乔介的说明，到最后完全激动不已。

乔介点着香烟，深吸一口后，眼眸里绽出光彩，接着说：“复杂？你错了，很简单。这么说也许会被认为对夏洛克·福尔摩斯过度着迷，但，他讲过这么一句话，‘如果排除掉一切否定，剩下的就是肯定’，你认为呢？凶行现场是屋顶——此时，必须注意植栽区未留下脚印之点——而且凶手是力气非常大的人物，持有能够在被害者掌中留下奇怪擦伤痕迹的凶器。我们就以这些线索为基础进行最后的调查，首先，我们去买一把放大镜，然后再上屋顶一趟。”

我们站起身，走出餐厅。不知何时进来的客人让餐厅恢复平时的喧闹。穿过走廊上往来的人群中，能听到楼下乐器部门传来开朗的爵士乐曲声。

在四楼的眼镜卖场买了中型的放大镜，我们排开人群，再度上到

屋顶。因为发生事件，外来客人禁止上到屋顶，只有相关的几个人以好奇的眼神望着我们闯入。

乔介蹙紧眉头，一面摇头，一面以锐利的视线观察着屋顶各个角落。不久，他催着我来到似是尸体坠落的东北侧角落，开始用放大镜比刚才更仔细地调查铁栅和植栽区。没过多久，他离开此处，好像搜寻某种记忆般，边低声喃喃自语，边走向西侧的老虎栅栏。在这儿，他凝视着悠然打盹的公虎，陷入沉思，但，突然转身，望着万里无云的天空一隅，两眼闪动光芒，大步走向东侧的露台。

露台上，一颗灰色的大型广告汽球正展现出其异样的姿态，缓缓地朝向愉快的蓝天上升。我不由自主地深吸一口气。

但，令我惊讶的是，乔介拦住负责升起汽球的男人，开始冷淡的问话。

“你今天早上什么时候来这里？”

“昨天晚上天气恶劣，基于自己的责任，我很担心，所以今天早上比平时稍早，六时半就上班了。”男人边反转卷线机的摇把，边微笑回答。

“这么说，你六时半就在这露台？”

“不，没有。六时半是我抵达公司的时间，之后听人家说起事件的经过，又看过尸体，上来这里已经七时了。”

“当时露台上有什么奇怪的地方吗？”

“我是没有特别注意，不过，瓦斯管被乱丢，广告汽球的浮力减少非常多，已经摇摇晃晃地飘降至低处，好像快要掉下来。但是，在恶劣天气过后，经常会出现这种情况。”

“广告汽球夜间也会飘在空中？”

“不，通常会放下来绑住。不过，有时候也会疏忽天气变化，就让它飘在空中。”

“你说广告汽球的浮力减少，那是？”

“气囊有破洞。虽然是约莫一个月前修理过的破洞，但……”

“所以你刚刚是在修补破洞了？对啦，这颗广告汽球的浮力有多少？”

“在标准气压下为600千瓦。”

“600千瓦的话，是有相当重量了。嗯，没事了，谢谢。”

乔介问完话，凝视着系在广告汽球绳索上飘扬的广告文字。

当广告汽球完全升空，绳索紧绷时，调查主任来了。

“呀，你们在那里深呼吸吗？很不错。对了，首饰上的指纹果然是被害者野口所留，你们看，很清

楚的检测出来哩！”

说着，调查主任在我们面前摇动着散发七彩光辉的美丽首饰。果然没错，大颗的连串珍珠上清楚浮现两个明显的大指纹。

“哦，不错。”乔介微笑，“不过，很不好意思，请把那个用水银和白粉混合的什么粉末借我一下。”

乔介从愕然呆立的调查王任手中接过检测工具后，走向卷线机，以熟练的动作在摇把洒上灰色粉末，然后用骆驼毛刷轻刷掉粉末。

“啊，我刚刚想起来，今天早上放下广告汽球修补时，瓦斯注入口的气泵是打开的。”一直陷入思索的负责广告汽球的男人忽然开口。

“气泵打开？”乔介惊讶地抬起脸来，反问。然后，沉吟不语，长久才自言自语似地说：“这是非常有力的证据了。”

他再度恢复原来的姿势，边用放大镜检查摇把表面，边问负责汽球的男人：“你今天早上曾经未戴手套的触摸过这里吗？”

“是的，最初放下汽球时，因为急于修补，所以……”

接下来，乔介向调查主任借用手上的首饰，开始仔细和摇把上检测出的指纹相互比较。

我也蹲在乔介身旁，热心比较两种指纹，发现两种指纹完全不同。

“你应该也注意到了吧！你看，这支摇把上除了这个人的指纹外，完全见不到任何首饰上的指纹，也就是被害者的指纹。这样已经足够了，来，请你把广告汽球静静地放下来。”

听了乔介的话，男人虽然略为浮现疑惑的表情，却很快戴上作业手套，开始转动卷线机的摇把。

一尺、两尺……广告汽球静静开始下降。

乔介用放大镜靠近绳索紧盯着。不久，当汽球下降约三十五、六尺时，他要求停止让汽球继续下降，对调查主任说：“找到凶手了。”

听了他这句话，我们全部震惊不已，却马上确认他指出的粗麻绳的上头有着已经浸透的少量血渍。

“这是从被害者颈部的勒伤处流出的血渍。现在广告汽球已经没用，可以让它升空了……啊，等一下，先把它完全放下来，我还忘记一件事。让我试试看是否猜错。”

负责汽球的男人愣住了，却仍再度转动摇把。

调查主任极端兴奋地把牙齿咬得咯咯作响，同时不停地看看静静降下来的汽球，又看看乔介的侧脸，再注意男人的一举一动。

过了不久，汽球终于完全下降，当球体低垂我们头顶时，乔介

打开瓦斯注入口的气泵，手伸入其中，在气囊内底部一阵摸索，很快取出一件漂亮的首饰。

“卑鄙的家伙！”调查主任立刻想扑向负责汽球的男人。

“等一下，你搞错对象了，凶手是广告汽球，也就是这颗氢气球。你们看！”

乔介在瓦斯注入口的铁片、气泵和新发现的首饰上洒下刚刚的“灰色粉末”，再用毛刷刷掉，马上在这三样东西上检测出几个同样的指纹。

“请看，不是这个人的指纹，对吧？”

“嗯，的确是被害者野口达市的指纹。”调查上任完全被搞糊涂了。

乔介转脸望着我，“抱歉，麻烦你打个电话给中央气象台，询问昨晚东京地方的气象资料。”

我赶忙下到六楼，利用电话室的电话完成任务，将结果记下后，再次回到屋顶。

乔介接过我的记事本，瞄了一眼说：“谢了。七五三毫巴的低气压和西南向的强风吗？好，已经没事啦，让广告汽球升空吧！现在，我要说明结论。”

乔介抬头望着缓缓升高的广告汽球，点着香烟，静静开口：“首先，我注意到凶手是值班人员以外的力气很大的人物，当然这时需要考虑及门窗紧锁之点；第二，我发现凶行是发生于屋顶，这时要留意植栽区、铁栅、地砖地板上皆无任何痕迹的消极线索；第三，我确定凶手使用的惟一凶器是能够自由伸缩、表面粗糙的长型物体，也就是绳索；第四，我成功掌握住犯罪动机并非决定性关键的基础知识。于是，我基于这些材料进行极端严格的评判，运用一切可能的自由想像力，开始崭新的综合推理。不久，虽然还只是初步认定，我已推定凶手就是广告汽球的绳索，而为了求证，我来到这个露台，开始搜集加工整理的一切新材料。”

在此，乔介略为停顿，再次仰脸凝视广告汽球，同时提高声调。

“也就是说，前天晚上营业时间内，野口达市偷了两件首饰。他当然知道会被全身搜查，同时整栋建筑物也会遭严密搜索，于是把首饰藏在最安全的地方，也就是广告汽球的内底部。”乔介看着负责汽球的男人一眼，“你夜间当然没有留下来看管广告汽球，对吧？好，到了昨夜，他可能是惦记着首饰吧！趁着值班之便，在就寝前的十时左右，上到屋顶来，却发现破洞的广告汽球因为浮力减少而快要坠落。他非常震惊，急忙伸手拉住绳索开始手控地让汽球下降。虽然说浮力减少，只要再灌满瓦斯，就能有600千瓦浮力，因此绳索在他掌中留下多条纵纹的伤痕，被他拼尽

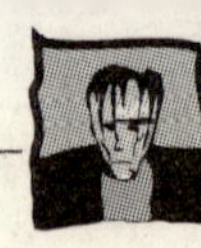

全力地拉下。之后，他打开瓦斯注入口的气泵，大概是想确认隐藏物的安全。当然偷窃事件还余波荡漾，他必须避免取出赃物。

确认过后，他开始利用瓦斯管补充氢气。随着瓦斯气体的注入，广告汽球的浮力增大了。此时，被害者犯了一项重大过失！最初降下广告汽球时，由于震惊过度，匆促之间并未使用卷线机，而是直接用手操作拉下。关于此一推定的反证是，摇把上除了今天早上焦急之下未戴手套就抓住的负责汽球之人的指纹外，并未能检测出被害者的指纹。因此，用手按住瓦斯注入口的铁片和绳索补充气体的被害者，在广告汽球的浮力增大后，终于注意到自己一开始使用卷线机的过失，惊骇之下急着将绳索勾在卷线机的某处，想要牵制广告汽球的上升。但是浮力增大的广告汽球却脱离瓦斯管，在未关闭气泵的状况下毫不留情的开始上升。

被害者拚命牵制其上升，一面小心自己的身体不被往上拉，一面在握住绳索的双手加力，可是粗大的绳索还是在他手掌留下无数擦伤痕迹，逐渐往上飘远，等到广告文字也升空后，被害者前面犯下的过失终于带来可怕的结果了，因为，被害者脚边由手控卷成一团的绳索，很自然地缠在慌张忙乱的被害者身上。当然，他拼命想挣脱，可是绳索在他身上裸露的肩膀、下颚、手肘各处造成无数擦伤，并且睡袍也被撕裂两三处，又缠结在颈部和胸部，使他丧失行动能力的身体，就这样被拉上天空了。等到广告汽球惯性上升至绳索紧绷时，他的呼吸停止，肋骨折断，颈部的皮肤擦破出血，名副其实的升天了。”

乔介看着方才我递给他记事本接着说：“凌晨零时至二时半，通过东京地方的七五三毫巴低气压和西南强风将广告汽球从垂直上升线推向东北方。破洞的广告汽球在低气压通过的同时终于减少浮力，绳索下再绷紧，把尸体甩落，地点并非百货公司屋顶，而是百货公司东北侧巷道的柏油路面。由于尸体被甩落时的震动，塞入气囊内底部的首饰，从敞开的气泵经过瓦斯注入口紧追死者身后掉落。最后，我想大家都已经知道，勒死尸体的血液，能够比较长时间呈现流动状态，所以即使死亡已经过数小时，从绳索上被甩落的尸体，头部的伤口仍旧会流出鲜血……”

说完，乔介再度仰望天空。

在九月的美丽蓝天，梦幻般飘浮天际的广告汽球，恰似百货公司奇妙的绞刑官，在时而吹来的微风下，颤动着小腹，东晃西摇。Z推理

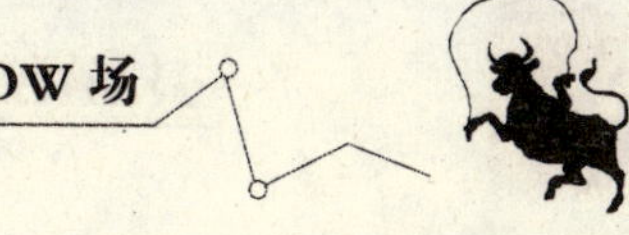

刘茹冰，她出生时节的关键字眼是：秋天、AB血型、处女座。

于是她便很优秀地承袭了这些字眼赋予她的品质。敏感多疑，自私，矛盾，疯癫，慵懒。

写推理，其实仅仅因为能最大可能地满足她钻牛角尖的脾气。就像她小时候听故事，总要问为什么。

所以她也同样拥有秋天，AB血型，处女座赋予她的另外品质：求知欲，知足，努力。

红袖飞天

文 / 刘茹冰
图 / 不死鸟

冷夜，冷雨。

冷面摊。

面摊的老板麻二搓着手又抱怨地看了一眼黑沉沉的天空，开始将手放在已经不再温热的水中。

粗糙的大碗冒出淡淡的蒸气，一只一只被麻二的手码齐后放进棉布垫就的箱子里。

麻二决定收摊了。

这个时候，麻二的耳中忽然传进竹竿敲击青石板的声音，每一声都短暂而又笃定。麻二抬起头就看见了一个形容枯槁的老人。

面摊很快热了起来。

老人鹰爪一样枯瘦的手抓住了温暖的面汤，低下头慢慢吃着。

麻二用心地打量着他，麻二喜欢打量他的每一个顾客。然后根据每一个顾客想象出一个又一个故事，打发着无聊的时间。

但是麻二的观察，被这个顾客鹰一样锐利的眼睛阻止了。

麻二赶紧乖巧地低下头，但是还是想象出了一个故事。并且在这个故事里，麻二给这个样子凶狠的老人安排了一个不孝的儿子。想象着老人会遭受到他儿子的虐待，麻二心里舒服多了。

一盏琉璃罩的昏灯渐渐移了过来。

麻二惊奇地看到了一个明艳照人的女子走到了他跟前。很美，也很高。麻二敢肯定自己从来没见过个子这样高的女人。高个子的女人摘下她还滴着水的斗篷，淡淡对着空气说道：“一碗面。”

显然她认为自己很高贵，不屑与麻二说话。但是麻二不介意，仍然很利索地做出了一碗面。

高个子的女人坐到了老人对面的桌子上，将面条吃人参一样一根一根挑起。用小巧的嘴巴往肚子里吸着。

雨仍然淅沥个不停，砸在遮挡面摊的油布毡上，发出“砰砰”的声响。

麻二居然很快又等到了他的第三单生意，这次来的是一个腰上挂着黑刀的官差。

但是面摊只有两张桌子，官差看了看，选择了和老人坐在一起。官差还抱怨地跺了跺脚，责怪天气实在太冷。

枯瘦的老人忽然看了一眼官差，淡淡道：“你是去京城?”

硕大脑袋的官差愕然了一下：“你怎么知道?”

“因为我听说这里发生了一宗很蹊跷的案件，牵涉实在太大。按照朝廷的规矩，这样的案情一定要上报京城。”

麻二的耳朵努力张开，想听一听是如何的蹊跷。只有高个子的女人还在若无其事地吸着面条。

坐着的官差却忽然站起,脸上泛出一丝惊惶：“你，你不应该知道的！”他的手伸到了腰间。

枯瘦老人的枯瘦竹竿却闪电一样击中了他的颈部。

麻二吓得钻进了棉布箱子里，他开始咒骂这个凶狠的老人断子绝孙了。

大家闺秀一样的女人却仍然还是一根一根地吸着面条。

老人鹰一样的眼睛看向她：“别吃了！快说，你为什么要跟踪我?”

大家闺秀却瞪着大大的眼睛：“你又为什么要打晕一个又一个的官差?”

“因为我要阻止他们！官府一共派了十三个官差从十三条路前往京城，他就是被我打晕的第十三个。”

“可是我还是不明白。”

“因为这十三个人前往京城说的都是同一件事情，他们说的是……”

“三十七个人押着镖车从这里

经过。但是一夜之间，镖车空了，那三十七个人也死于非命。官府认为做下这个案子的就是那个风流成性罪恶滔天的盗贼朱飞天。”大家闺秀笑眯眯地抢着说了话，“你只错了一点，还有第十四个官差。我就是那第十四个。”

老人将眉头紧紧皱了起来，寒风如刀，吹得他半尺长的胡子毫不留情地打在脸上。

老人忽然笑了，笑得像一个孩子终于找到他心爱的棉花糖：“我没有错，根本就没有第十四个官差。因为你就是那个风流成性罪恶滔天的朱飞天。”

大家闺秀的眉毛高高挑起，淡淡道：“我更不懂了。”

“你只该懂一点，世上的女人还没有一个肯说朱飞天风流成性罪恶滔天。很多富贵人家的小姐太太，为了见上这个飞在天上的小猪一面，烧香拜佛地祈祷着他能够去自己家偷东西。所以你一定不是女人。既然你不是女人，你就可能是任何男人，更有可能是那个风流成性罪恶滔天的朱坏蛋。”

大家闺秀忽然发出了豪壮之极的笑声，揭去了脸上的人皮面具。躺在箱子里的麻二现在总算明白，为什么没有见过这么高的女人了。

但是此刻的朱飞天看起来仍然是极美。如果麻二知道倾国倾城这个词语，一定会毫不犹豫地给他用上。

极美的朱飞天此刻捏着他短短的胡须向捏着竹竿的老人说道：“你这样做，只因为你认为做下这个案子的不是我。”

捏着竹竿的老人正色道：“当然不会是你。因为你从来没有伤过一个人的性命。这一次却死了三十七个人。这点判断力我洪鹰还是有的。何况朱飞天虽然风流成性罪恶滔天，总还是我的一个好朋友。”

朱飞天却抓起了脑袋：“但是，但是他们为什么会认定是我呢?”

“因为本来只死了三十六个人，侥幸活着的那个只说出了‘朱飞天’三个字就被一枝飞镖打在了咽喉。”

深夜，雨已停，四处仍然湿漉漉。

官府黑色的铁漆大门被洗刷得干干净净，偶尔还有雨滴缓缓滑落。

两个人影悄悄窜入。

殓尸房悄悄亮起了黯淡的灯火。

朱飞天仔细查看着每个人身上的伤口。

只有一个人是被飞镖打中咽喉而死。朱飞天望着他已经僵硬干枯的尸体，实在不知道为什么他要叫出“朱飞天”三个字。

他搜光了这个人身上所有的东西。

半炷香后，两人悄悄撤退。

日过晌午，小城的太阳才开始有一点温暖。

一点点的温暖照耀着狭长的小街，干瘦的槐树，随处而有的水洼和许许多多的人。

现在的朱飞天和洪鹰就夹杂在这许多人之中。

他们显然精神很饱满，过了晌午才从床上爬起来的人精神当然不会太疲倦。

朱飞天显然精神更好，拉着洪鹰的袖子便要钻进一家妓院。洪鹰的竹竿捏得更紧了，甩掉袖子虎着脸："胡闹!"

朱飞天慢吞吞地从怀里掏出了一块丝绸手绢。手绢上绣着千篇一律的鸳鸯和三个字。

洪鹰觉得自己好像渐渐明白了，他当然记得这些东西都是从那个死尸身上拿过来的。

朱飞天笑嘻嘻地说道："大叔，你看这三个字是不是招牌上的那三个字?"

洪鹰用脚也认得。于是胡子飘飘的洪鹰率先走进了这家"红袖飘"。

洪鹰当然也知道，走进了这里，只要口袋是鼓的，没人管你飘的是胡子还是头巾。所以洪鹰刚走进去，就将鼓鼓的钱袋砸出来了。

所以片刻他们就找到了他们要找的那个女人。

这个女人并不俊俏，抹着厚厚的胭脂，画着血盆大口，斜躺在床上，既不说话也不动。

只因为她已经是个死人。

朱飞天和洪鹰面面相觑。

根据身旁老鸨的讲述，天刚亮的时候，这个叫欧阳情的女人还精神十足地和人吵了一架，两个时辰后就莫名其妙地死了。死得毫无预兆。

朱飞天轻轻掐了掐欧阳情的人中，一股黑血自鼻中流出。

洪鹰皱眉道："是中毒死的。"

老鸨急忙摆手："她总说自己胖，已经两天没吃东西了。"

朱飞天淡淡道："但是毒并非下在食物中。"

洪鹰已经看到朱飞天的手从欧阳情的后颈处拔出了一根细长的钢针。钢针在太阳的映照下闪烁着，雪白如银。毒药早已完全进入了欧阳情身体里。

"是谁最先发现她死了?"

老鸨急忙道："是我。我发现欧阳没有下楼吃饭，就到房里找她。推开门的时候，她就这样躺着了。"

欧阳情的背后是一面雕花的窗户，上面糊满了同样绣着鸳鸯戏水才子佳人的红红绿绿的布。

朱飞天在布上找到了一个洞，小得不能再小的洞，恰好可以穿越一枚钢针的洞。

朱飞天忽然捏住欧阳情的手看

了看。

一壶清茶，一壶清酒。

喝着茶的枯瘦如柴的洪鹰，喝着酒的却不是粉面朱唇有着一双柔媚眼睛的朱飞天。

喝着酒的是满脸胡子举止粗鲁的打柴汉子朱飞天。

洪鹰摸着茶壶，低声道：“显然那个飞镖和钢针出自同一个人的手。”

“显然那个人是为了杀人灭口。”

洪鹰接着说道：“显然这是一个阴谋。”

“可是显然我们至今还没有头绪来揭破这个阴谋。”

洪鹰淡淡笑了：“我当然没有头绪，但是朱飞天一定有。不然朱飞天也不会迷倒武林中的第一美人杜隐娘。”

任何人提到杜隐娘，朱飞天总要揉揉鼻子。仿佛杜隐娘曾经狠狠揍过他的鼻子。现在朱飞天就揉着鼻子“嗡嗡”说道：“我只知道两点，第一点就是第三十七个镖师很可能不是镖师!”

洪鹰不明白。

朱飞天淡淡道：“一个镖师身上，带着他喜欢的女人的手绢很正常，带着他存款的钱庄的帐本很正常，带着他房子的地契也很正常。但是这几样东西居然是同一个地方的，就有些不正常了。”

洪鹰笑了，因为他终于明白：“因为一个镖师走过的地方实在太多，他身上如果带着杭州的胭脂，济南的丝绸，长白山的人参就像一个走南闯北的镖师了。”

“所以我认为他和那个盗贼是一伙的，他充当镖师中的生还者诬陷我，却被他的同伙灭了口。我已经派人去押镖的镖局调查。”

“你派的一定是那个从六岁就跟着你，有人说是你妹妹，有人说是你女儿的小姑娘翠儿。”

“我也知道，你打晕了的官差全部都交给她看管了。”

洪鹰点头道：“因为她的确是个好帮手。那么你知道的第二点呢?”

“第二点就是死了的那一个女人一定不是欧阳情!”

洪鹰怔住：“难道你竟然认识那个欧阳情?”

“我不认识，我只认识她的手。一个日日绣花的女子，她的手必定粗糙不到哪里去。可是死在床上的那一个，她的手却比一个握了十年锄头的男人的手还粗。”

“这么说来那个老鸨竟然是主谋?你当时并没有揭穿她在撒谎，又是为什么?”

“她故意骗我说死了的那个就是爱绣花的欧阳情，那么她必定认识我，也必定有所准备，你会不会跳到一个别人准备好的开水锅里?”

洪鹰当然不会，谁都不会，除

非他觉得洗开水澡是一件有趣的事情。朱飞天继续说道:“那个老鸨最多是个帮凶。因为,你一定可以看得出来,她不具备杀死三十多个人的武功。所以我不想打草惊蛇。”

“所以你易容以后才到这间茶楼,只不过是又怕他们认出你。”

朱飞天笑眯眯道:“大叔,你终于说对了一次。”

“下面我们应该怎么办?”

朱飞天照旧慢条斯理地说道:“常常绣花的人,一定要常常去买布。”

洪鹰已经捏着竹竿朝着茶楼外最气派的绸缎庄走了过去。

卖绸缎的老板显然是一个记性不错的人,他甚至还记得欧阳情上次来买绸缎穿的是什么衣服。老板眯着眼睛,笑嘻嘻道:“那天欧阳情姑娘看起来十分高兴,穿着一身最时新的藕荷色衣裳,买了我六尺的红绸缎。她说她过几日就要从良了。如果我记得没错,就是三天前的事情。”

三天前的白天发生了这样的一件事情,三天前的晚上发生了一件劫镖的事情。朱飞天觉得自己的眉头渐渐舒展开了。

朱飞天和洪鹰又回到了茶楼。

一个十三四岁的小姑娘衣衫褴褛,提着篾竹编成的花篮,怯怯走到他们跟前:“大爷,给家里的娘子买朵花吧。”

砍柴汉子朱飞天烦躁地拍了桌子:“滚开,老子还没有讨婆娘!”

小姑娘仍然怯怯地望着他,哀求道:“就买一朵吧,只要一文钱。”

朱飞天烦躁地将桌子上的一文钱用胳膊扫到了地上:“吵死人了,拿走吧。”

小姑娘低下头,含着眼泪将一文钱拿到手中,又小心翼翼地从篮中拿出一朵硕大的花放到朱飞天的桌子上后,才走到别人桌前继续招揽着生意。

洪鹰拿起那朵花,淡淡道:“这花还是很香的。”

朱飞天伸了个懒腰,大声道:“大叔,回家吧。”他的眼角眉梢露出了一丝轻松,因为他已经看见洪鹰,轻巧地用手指将花瓣里卷着的一张纸勾入了袖中。

满脸委屈的卖花小姑娘偷偷向着朱飞天做了一个得意的鬼脸。

客栈。

藏在花瓣里的纸被展开了,朱飞天怔在了那里。

因为上面写的字不是他想看到的。

他以为杜隐娘会在纸上写下“三十六人”,但是纸上的字分明是“三十七人”。

被劫的镖车是郑州铁河镖局的,那正是杜隐娘的地盘,所以他连夜让那个卖花的小姑娘去了郑州

找杜隐娘。

朱飞天鼓着眼睛对着“三十七人”四个字，不由得想到自己的猜测原来全错了。

甚至洪鹰也鼓起了眼睛。他当然不敢怀疑杜隐娘的调查。郑州有多少家镖局，多少个镖师，镖师身上有多少个跳蚤，杜隐娘十三岁的时候已经了如指掌。

朱飞天想起了卖花小姑娘翠儿的一双大眼睛，不知道她水汪汪的眼睛看到这四个字会不会也鼓起来。

一定不会!

朱飞天忽然对着屋顶淡淡道：“你下来吧，上面太冷。明天又只会拽着我哭腿疼了。”

红色的人影翻飞而下，果然是卖花小姑娘翠儿笑嘻嘻的一张脸。

朱飞天望着她，忽然笑了：“原来翠儿已经长成大姑娘了。”

翠儿脸红了红，又掩上嘴嘻嘻笑了。此时的她当然不再是茶楼里卖花时那副寒酸的装扮。现在的她头发上缠绕着金丝络，眉间坠着一块翠玉，全身上下火红色的衣衫更是一尘不染，款款若仙。

甚至洪鹰也忽然觉得实在不能再将她看作一个小女孩了。于是洪鹰的目光瞟了一眼翠儿后立刻放到了地面上。

朱飞天皱紧了眉头：“可是我还是喜欢你小的时候，你小的时候不会偷懒，更不会撒谎。”

翠儿的眼睛睁得更大了，用小巧的手指尖指着自己的鼻子：“你说我?”

“我当然是在说你。因为没有一个人会骑了一夜的马还能睁着这么大的眼睛蹦蹦跳跳。”

翠儿放下了手指，怏怏道：“我只是不想去找那个杜隐娘。”

“为什么?”

“因为我讨厌她!讨厌她总是高高在上的样子。江湖上的人谁都知道她总是把自己当做公主，把别人当做宫女!”

朱飞天又揉了鼻子，他当然明白杜隐娘有多喜欢把自己当做公主。朱飞天苦笑道：“可是这次我找她，是因为很重要的事情。你肯定也不愿意别人把我当做一个杀人恶魔对不对?”

翠儿依旧怏怏道：“可是我知道你不是。你偷盗过许多钱财，可是没有花过其中的一文。但是我就是不想见杜隐娘，难道只有她能帮你，我就不能么?”翠儿仰起水蜜桃一样白里透红的脸颊，痴痴对着朱飞天说道。

朱飞天怔住，翠儿的目光实在已经浓得化不开，甚至一颗硕大的泪珠已经在她漆黑的眸中旋来转去。

这种眼神实在不该属于一个小姑娘。

朱飞天只得仓促地避开：“那么你帮我再去一次红袖飘，打听一下那个真正的欧阳情现在在什么地方。”

翠儿立刻破涕为笑，一蹦一跳地走出去了。

翠儿走进了一条偏僻的小巷。

同这个城里所有的小巷一样，这里狭窄阴湿，几乎无人踏足。

翠儿的眼睛看了看四周，只有树叶从天空滑落。

她蹲了下来，拔下头上的金钗，开始仔细挖掘地上的泥土。她的耳中不断飘来高楼上男人和女人的笑声。

有红袖飘着的地方，自然有笑声。无论那些笑着的人是不是真的想笑。

翠儿怨恨地望了一眼高楼。她知道许多年前她的母亲也必定在这个高楼上站过，虽然她根本不知道自己的母亲是谁。所以翠儿想到自己的身份就觉得屈辱。

朱飞天一定永远记得，她是他从红袖飘的后院中捡来的孩子。

所以他的心里一定一直没有瞧起过自己。

翠儿的眼睛又红了。

她已经将埋在地下的包裹挖了出来，然后轻轻吐出了一口气，这包开山用的炸药，一定可以将整个红袖飘炸得粉碎。

只有这样，朱飞天对于翠儿出身的记忆才有可能粉碎。

她提着炸药，宛若提着自己的幸福。

她跳进了老鸨的房中，然后呆呆怔住。十四岁的她凄然笑了笑，她已经明白现在她的手中不再是她的幸福，而是她的绝路。

因为房间里除了老鸨，还有洪鹰，还有朱飞天。

老鸨蹲在地上一直在哆嗦，显然已经将她们的合谋供了出去。她们的合谋便是诬陷朱飞天。

当时的老鸨显然听说过朱飞天的名字，也显然不愿意和她合谋。直到她说劫下来的银子全归红袖飘。

只是老鸨更不明白，她在这其中会得到什么。

她当然有她自己的谋划，那就是炸光红袖飘，再对朱飞天编上一个天花乱坠的故事。她可以说红袖飘的老鸨本是峨眉被逐的弟子，也可以说老鸨本是一个官府通缉多年的江洋大盗。反正朱飞天总是相信她的话。

但是现在，一切显然偏离了她设计的轨道。

她没想到朱飞天已经从第一个谎言被拆穿以后就开始怀疑她。

她也许早该杀掉老鸨，从这个老鸨居然不忍心杀欧阳情灭口，而找了一个乡下女人做替死鬼的时候，她就知道她很可能会被供出的。

朱飞天伤心地看着翠儿。

八年前蹲在红袖飘的门口，提醒他莫被雪滑倒的小女孩，在他八年的养育之下居然成了一个杀人不

眨眼的女魔头。

他只觉得心痛得说不出话来。

他悄悄来到这个小城，只有洪鹰和翠儿知道。但是老鸨竟然也知道了。

于是他就知道了洪鹰和翠儿中必定有一个是内奸，那个时候他已经开始心痛。

一个是他可以生死相换的忘年交，一个既是他的徒弟，又是他的妹妹，又是他的女儿。

无论是哪一个人他都不愿意相信，甚至宁愿真的是自己做下的那个大案。但是这只是他的一厢情愿，如同翠儿爱上他一样一厢情愿。

他以为年轻的翠儿被揭穿会惊慌失措，可是翠儿却只是用柔媚的眼睛平静地看着他，似乎连一句辩解都不打算有。

风将翠儿的红色衣服吹起，使得她宛若在一团红色的火焰中。

翠儿忽然笑了，笑得如一个六岁的女童一样天真。八年前，朱飞天牵起她幼小的手时，她便这样地甜甜笑着。

朱飞天怔怔地看着翠儿忽然转身朝外奔去，他惊叫起来，猛然醒悟:“住手!”

“轰隆”!火光飞舞。朱飞天只看到跟随了他八年的女孩儿在空中被炸药裂成碎片。血肉，骸骨，翠儿的大红衣服片片坠落。

宛若红袖飞天。

武林中的第一美人杜隐娘终于嫁人。

此刻她已经三十一岁。

尽管她自幼就漂亮得让人不敢正视，但是对于一个女人来说，三十一岁实在是个让人根本没办法轻松的年龄。

所以她嫁得很仓促，也很潦倒。

一个女人只要嫁得不是自己想嫁的那个男人，她的心里大概总会觉得仓促潦倒。

她爱的其实也不是朱飞天，而是一个早就有妻有子的一派武林宗师。

但是她愿意别人误认为她爱的是朱飞天，因为这是一个只有她和朱飞天知道的大秘密。

她十七岁时就和自己一心爱着的那个男人生了一个女儿。但是她没有勇气来抚养一个私生子。因为她是武林中的第一美人，她家世显赫，她冰清玉洁。

所以她狠下心将孩子送到了一个别人一定想不到的地方。六年后，朱飞天收养了她的女儿。

她安全了，她偷偷保护着的那个男人也安全了。他们依然享受着江湖中人的尊敬和爱戴。

今天她要出嫁了，朱飞天却不请自到,他送来了她女儿的死讯。

杜隐娘还是蒙上了盖头,上了花轿,并且化着很喜庆的妆。她也穿起很红很红的衣裳,看起来也宛若站在烈火中央。Z推理

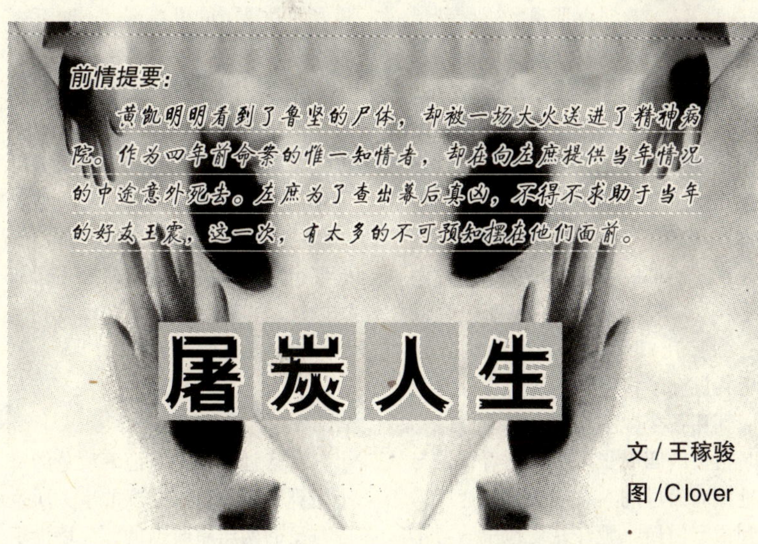

前情提要：
黄凯明明看到了鲁坚的尸体，却被一场大火送进了精神病院。作为四年前命案的惟一知情者，却在向左庶提供当年情况的中途意外死去。左庶为了查出幕后真凶，不得不求助于当年的好友王震，这一次，有太多的不可预知摆在他们面前。
屠炭人生

文／王稼骏
图／Clover

第七章

1

天渐渐暗淡下来，路人们又像清晨那般心急火燎地往家里赶。

年轻的女职员下了公交汽车，走过热闹眩目的街区，拐进鳞节比邻的住宅区，这条路像建造在一个隔音的玻璃罩里，刚才喧嚣还不绝于耳，此刻却悄无声息。因此女职员能清晰地听见背后的脚步声，是那种男式的宽头皮鞋发出的声音。女职员不由紧张起来，她听说有一名专门杀害年轻女子的连环杀手还未落网。虽然还是傍晚时分，可心里难免会害怕，女职员不敢往后张望，她加紧脚步，故意从自己家门口走过而不开门进去，因为这样做只会暴露她是一个人独居。但突然身后的人步伐也加快了，听声音像是离她越来越近了。女职员顾不上淑女的矜持形象，撒腿就跑。在转过街角时乘机向后瞅了一眼，那双发出响声的皮鞋的主人，正巧站在一盏路灯下，她看清了他的脸，一头浓密而又蓬松的乱发，不错的发质令她印象深刻，脸的上半部在头发的阴影之中，削瘦的下巴上有着两片薄薄的嘴唇。男子正冲着她过来，但速度并不快，吓得她心都快跳出喉咙了。

当披头散发、气喘得几乎呕吐的女职员重又回到喧闹的马路上时，周围的人群立刻向她行起了

"注目礼"，这时女职员才感受到了灯火通明的好处，罪恶在此地无处容身。看看身后幽静的那条小路，空无一人。固然刚才的情况仍让她惊魂未定，可她又觉得自己是否有些反应过度，对方似乎对她没有做出任何违法行为，总不见得对警察说："他的脚步听起来就像连环杀手！"女职员双手撑在膝盖上，俯身深吸几口气，呼吸调整到正常后，放弃了报警的念头，重又转身回到那条令她不安的小路上。她不断扭头向四周张望，警觉着每位与她擦肩而过的人，用最快的速度来到了家门口，她却在皮包里遍寻不到铁门的钥匙。

"该死！"女职员低声自责道，同时拍拍脑门以示惩罚自己的粗心大意。钥匙一定是刚才狂奔的途中从包中蹦了出来，因为她记得下公交汽车时，她将车票放进皮包时还看见过钥匙，而且房门只有一把钥匙，这已经不是她第一次丢失钥匙了。

她急急忙忙原路返回，着急地扫视着每一块地砖，在那条路上来来回回找了几次，没看到钥匙的影子。找到的希望渺茫，女职员垂头丧气地放弃了那把钥匙。能打开铁门的钥匙只有两把，一把已经丢了，那么她只得去取另一把放在父母家的备用钥匙了。

父母家约需步行二十分钟才能到达，这段路两旁都是高高的围墙，围墙内是家橡胶厂，厂区内伴随着"隆隆"的机器声，不时有雾气冒出。

突然，女职员踩到了什么东西，钻心的疼痛从脚脖子传来，倒霉，看来是扭伤了脚踝。她蹲下身子揉搓受伤的部位，这才看清地上的绊马索竟会是一双穿着和自己一样红色高跟鞋的人腿，从严重扭曲的肢体动作来看，不是醉倒或昏倒的路人，显然是具恐怖的尸体。

2

左庶脚步沉重，拖着疲惫的身子回到了事务所。左庶的事务所是由自己的两居室改造的，靠墙沿街明亮的那间成为了接待宾客的办公室，皮革材质的转椅背朝窗户，前面横着一张大得有些夸张的写字台，桌上整洁而又干净，左庶每天都会擦桌子，因为它正对着玄关，这是客人进门看见的第一样东西，左庶认为第一印象很重要。

灯一亮，他就看到桌子上放着一只显眼的信封。左庶记得出门时桌子上明明没有这样的东西，他将咖啡色的外套和帽子往沙发上一扔，眼睛紧盯着这件可疑的东西。

他走到跟前，开始用手指翻动了几下信封，信封并未封口，里面塞着几张纸。确保打开信封没有危险之后，左庶取出纸看了起来。

原来是西区警局送来的验尸报告。左庶粗略一看，瞬即抬头环顾四周。要知道一个人在仔细阅读

时，会自然而然放松戒备，受到袭击的可能性也就很大。左庶没有忽略信封从外面跑进屋子并在桌子上的这一怪异的事件。他随手抓起桌上的镇纸，往卧室走去。

卧室的门紧闭着，左庶猛地拧开门把手，伸手打开了门旁的吊灯开关，房间空无一人，衣服、杂物以及书本摆放得井井有条，左庶的表情变得更为怪异起来。

门外面响起清脆的开门声，左庶这才反应过来是怎么回事，一定是他的“助手”回来了。

果然，开门进来的是一位肤色健康的美丽女子，她高声说道：“大侦探终于回家啦！我忙了一天终于把这里收拾干净了，要是我再不来的话，你这屋子就只能住耗子，不能住人了。”说着，她把一张干洗店的收据递给了左庶：“记得明天去取衣服。看我还买了你最爱吃的南瓜饼，来尝尝吧！”

自从《上帝的杀手》一案中，林琦在与左庶的打赌中败下阵来，她就自觉自愿地履行起赌约来，义务的为单身侦探打理起家务琐事。在此还需略费笔墨的向读者朋友们介绍一下这位名叫林琦的美丽女助手。她是西区警局的精英骨干，虽样貌柔美，却性格刚毅，脾气更是火爆，行事言谈都不爱拐弯抹角，用左庶的话来形容她是一根肠子通到底的人。全西区警局上上下下都认为她人不错，可这坏脾气没人受得了。世上的每个生物都有他的天敌，而左庶正是林琦的克星，左庶在侦察方面的才能令林琦佩服的五体投地，每次左庶破案的时候，林琦却还满脑问号，在她看来，左庶似乎坐在办公室就破了案的。对林琦来说，左庶神秘而又深不可测，甚至她信奉他为偶像。但身为女人的林琦，无法容忍左庶那头乌七八糟的乱发，每次见面必定提及此事，这次也不例外。

“左先生，”自从成为“助手”之后，林琦就遵从“主人”的意思，改口称呼左庶为“先生”了：“你有没有想过改变一下自己的发型？比如，烫个发或者别的什么。换个造型或许能为你带来一些女性的客户。”

“我现在的样子难道会吓到女客户吗？”左庶皱着眉头说：“我可是靠脑细胞吃饭。”

“你没发现写字桌上的头屑吗？”林琦用食指关节敲打桌面，另一只手则拿起那份验尸报告：“这起自杀案是你的新业务吗？”

左庶咬了口手中的南瓜饼，说道：“你对这件案子怎么看？别摆出一副什么都不知道的表情，我肯定你已经看过了这份验尸报告。”

“你想和我赌一把吗？”林琦眯起眼睛看着左庶。

“这次赌什么？”

“看谁先破案。赌注还是老规矩。”

左庶细细咀嚼着南瓜饼，说：“你已经是这间事务所未来四十年的助手、清洁工，我不肯定事务所还会维持五十个春秋，到时我年老得坐在这里都无法看清你的脸。所以……你还有其他赌注吗？”

“我当然有。”林琦很固执，她总想胜过左庶，哪怕一次也行，为此她不惜代价，就在她下定决心，准备说出她最后的赌注时，她身后的窗外响起了呼救声。

3

左庶收到的那封验尸报告，是西区警局的罗敏亲自塞进事务所的信箱里的。事务所破旧的招牌灯箱一片漆黑，事务所内也是黑灯瞎火，使得罗敏的拜会吃了闭门羹。罗敏看天色还早，决定再去一次疗养院，想找找左庶确定谋杀的依据，如果真的是起凶案，估计凶手也就藏身在那座“白塔”里。

从市中心驱车前往近郊的上海日辉精神康复治疗中心，顺当的话约需四十分钟。罗敏紧握方向盘，嘴上照常叼着一根香烟，眼睛虽然看着前方的道路，心思却全然不在驾驶上。他的思绪游走在案情和名叫“左庶”的奇怪男子身上，时而被汽车里的电台广播所打断，时而被呼啸而过的集装箱卡车所惊扰。他回想起自己这些年所侦破的形形色色的案件，一张张罪犯的脸像幻灯片一般在脑海中闪动，画面最后定格在一张美丽的脸庞上，长长的睫毛下扑闪着一双水灵的眼睛，如丝般柔滑的乌发从中间分开，包裹着一张完美精致的天使面庞，她的皮肤晶莹剔透，她的脖子雪白美丽，她的双手玲珑雅致，她的双腿修长优雅，她的声音如夜莺歌唱，她的装扮得体大方，她的美貌世间罕有。

罗敏尽管不知道，但他相信一定有不少男人为了得到她的芳心，可以付出一切。世界上竟会有这样的女人，她集天使与魔鬼于一身，当男人望着她那双天真烂漫却又千娇百媚的眼睛时，却不知自己已跌入撒旦的餐盘中。所有的男人看到她都甘愿臣服，所有的女人见到她都嫉妒或者是自惭形秽。可惜欲望令她堕落，她无法罢手，直到罗敏逮捕她。

罗敏虽然经过多年办案的磨练，却仍是比较情绪化，他第一眼看到这个女人的时候，无法相信她会是一名罪大恶极的逃犯，他想要拯救她，给予她所需要的帮助。正是由于这一点点的爱怜，她死了。罗敏直到如今还对此事耿耿于怀，他明白了一个道理，自己是执法者，而不是上帝。

四十分钟后，罗敏和他的警车到达了疗养院的铁门前。天边被落日映成了红色的云层与白塔的构图，是城市里无法看到的奇特景色，罗敏仰望着天空，反复回味着刚才想起的那个女人，不知道为什

133

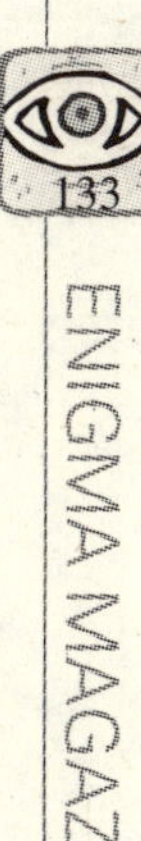
ENIGMA MAGAZINE

么，他会有如此强烈的感觉，而这种感觉中还包含着一丝言不清道不明的情感。

“办正事要紧。”罗敏对自己说。他熄火下车，尽职的看门人为他打开了铁门，看门人显然记性不好，也可能因为罗敏换了便服，早晨刚见过面他却不认得罗警官了。

“这么晚了，有什么事情吗？警察先生？”看门人看着警车问。

“你不记得我了吗？我是负责上午那起案件的罗警官。我想再看看那间禁闭室，你能陪我一起进去吗？”

看门人模棱两可地摇摇头，罗敏又补充道：“我需要你带路，还有些问题想向你请教，不会耽搁你太久的。”

“好吧！”看门人依依不舍似地离开了他的工作岗位，锁上铁门，提着一块木板沿着石板路走向白塔，自顾自地在前带路，罗敏看见那块木板上用铅丝吊着一串铝制的钥匙。

看门人用其中的一把钥匙打开了禁闭室的门，并没有要进去的意思，也没有要离开的意思，他站在门外等着罗敏，他的职责就是打开门和关上门，他认为这两者是同一个步骤，不可分割，否则就是渎职。

罗敏独自走进这间用来惩罚精神病人的房间，他关上门试着寻找死者生前的心理状态，他坐在死者写信的那张桌子旁，想着那封绝笔信的内容。他有坐到死者断气的病床上，床铺被整理得没有一丝褶皱，早已没有了死亡遗留下来的痕迹，实在是找不出有帮助的线索来。

“嘿！”罗敏敲敲门上那扇只能从外面打开的小窗，“病人被关到这里，能带个人物品吗？”

“什么都不允许带。这是用来惩罚违规的病人的禁闭室，不是高级个人病房。”

“病人如果需要喝水或是干些别的什么事的话，该怎么办？”

“由护士从这个小窗传递。水、食物、药片都是如此。”看门人顺手拉开了小窗的玻璃。

“为什么死者会有纸和笔呢？”

“这是因为黄凯先生是一名作家。”看门人仍沿袭从前对死者的尊称，“黄先生被院长特许能随身携带纸张和笔。”

“精神病人所说的话你们也信？”罗敏问道。

“你这样说太令我沮丧了，黄先生确实是一名作家，他曾送给我一本他的小说，那是我读过最有趣的小说，他令我顿悟到了人生该做些什么，不该做些什么！你如果看过这本书，你就不会有如此的态度了。”看门人有些被激怒了，他说话时脖子还微微颤动。

“抱歉，我的话太欠考虑了。”罗警官没有想到憨厚的看门人会为了死者而动怒，因为他看起来似乎对死者的去世无动于衷。

“我想你该出来了。”看门人没有和解的意思，他打开了禁闭室的门，要求罗敏离开。

就在这时，白楼响起彻耳的铃声，两个人默默地对视着。最后还是罗敏决定退让，首先向对方和解。罗敏无可奈何地遵从了对方的意愿，对这间病房的再次检查和与看门人争论一样，将是徒劳无益。

“能告诉我那本书的名字吗？我想买一本看看。”

看门人神情冷竣、满怀崇敬地回答：“地狱房客。”

“地狱房客？”罗敏惊呼起来，这四个字他铭刻在心，那位死在他手里的女罪犯，临终前，她强忍着剧痛对罗敏说了一句话：“地……地狱……房客！”随着哽咽的声音，鲜血涌出她的喉咙，红色的血流淌在她白皙的肌肤上，让人觉得她更加的美艳。罗敏就这样看着她凄美地死去，深藏的迷团再次浮上心头，带着疑问罗敏急切地问道：“他送你的书还在吗？”

“就在我的门卫室内，如果你想看的话我可以借给你。”看门人的语气比先前和气了不少。他们从偏门的通道下楼，避开去食堂的人潮，从接待大厅出了白塔，回到了他简陋的门房，罗敏发现看门人手中的那块木板上的钥匙能打开楼中的每一道门，便问道：“你昨天晚上注意到什么异样吗？”

从大门能望见那间禁闭室的窗口，并且看门人还负责夜间的巡逻，或许能看到或听到些动静，他是个容易被疏忽的证人。可惜，他毫不知情。

看门人将找出来的书放进一只塑料手提袋，递给了罗警官：“或许它并不是最优秀的，但绝对是最值得你阅读的一本书。”

“什么书？”黑暗中有人低声问道，不一会儿，一位梳着三七开，额头锃亮的中年男人走进了铁门这里的明亮处，原来是疗养院的副院长董雷。一条清晰的明暗交界线从正中将他的脸分割为黑白两面，棱角分明的脸透出奸诈和冷血的特质。天已经完全黑了，他悄无声响地出现在罗敏的身后，令人忍不住要怀疑是否只是个巧合？

“罗警官问我借本书，是今早去世的病人写的书。”看见副院长看门人抢先回答，他省略了巡查禁闭室的事情，显然不想让领导知道，免得招致批评。

董雷转了转圆溜溜的眼珠子，他能从看门人极不自然的语调中嗅到了谎言的味道，却没有追问什么。

疗养院的探访时间早就结束了，罗敏配合看门人的回答，告别了这座白塔，以及它的“眼睛”和“大脑”。怀着急切的心情，罗敏飞驰电掣的地赶到了西区警局的办公室，能得到这本《地狱房客》对罗警官来说如获至宝，他或许能将两年前的女罪犯之死和今天的精神病人

之死串联在一条线索上。凭着刑侦多年的经验，本案绝非表面上那般简单，他相信左庶一定掌握了更深入的信息，才会有如何坚定的信心。

《地狱房客》正是由左庶的客户黄凯所写的一部恐怖小说，在这位已故的精神病患者先前的回忆中曾提到，小说主要情节改编自那位不知是否存在的“画家”所讲的一个故事，罗警官并不了解这一点，这也并非很重要，罗警官认为女罪犯当时有充裕的时间说完一整句话，可为什么不简洁扼要地讲出重点，却抛给罗警官一个难解的哑谜呢？在细读了一遍这本小说之后，罗敏仍旧百思不得其解。不知不觉几个小时就花费在了办公桌上。罗敏捏了捏两眼之间紧绷的神经，给自己泡了杯早茶，再次翻开这本可能隐含着秘密的《地狱房客》。

窗外视线混淆，申城又被漫天大雾所笼罩，迎来又一个工作日，今天的交通将变得拥堵不堪，路人将会像罗敏侦办的案件般举步维艰。

4

印刷厂车间的轰鸣声令人烦躁，再加上那具女尸更添不安，白领女青年瑟瑟发抖地蜷缩在警车的后面，她盯着裤子上所沾的泥土，不敢轻易移动视线，生怕不当心再看到恐怖的死尸。

左庶默默站在灰蒙蒙的雾气中，在小本子上写着什么，他和林琦是听见尖叫声第一批赶到现场的人，虽然也有其他人洞察这里发生的一切，却都畏畏缩缩地站开老远，伸长脖子张望着。直到警车呼鸣而至，人群开始聚拢过来，因此现场基本没有遭到破坏，而左庶先于警方的勘察工作也未受干扰，当然他未对现场造成任何损坏的情况下开展的。

死者为年轻女性，脸朝下斜卧在墙边的碎石路上，她的右手奄在脖后，紧紧地拉住一条丝质斜条纹领带。这条领带死死地扣住了她的头颈，她的右手掌满是伤痕，一定是拼命抵抗时撑着地划伤的，为的是不被完全制服，只可惜她还是未能幸免于难。一只白色的手提包压在了尸体的下面。

林琦在一旁陪伴着女青年，对答着赶来现场警察的讯问。

“小姐，请详细说说你发现尸体的经过。”负责笔录的警员端着记事本，歪着头等待回答。

女青年心有余悸，她眼神飘忽不定，不时朝左庶瞟上几眼，然后又露出惊慌的表情，她似乎不知道警员是在和她说话。

尸体还不至于恐怖到这种地步，林琦不明白女青年究竟为何如此害怕，女青年的眼神仿佛在虎穴附近落单的梅花鹿，充满了恐惧。

“小姐，你叫什么名字？”林琦温柔地问道，见没有回应，也许是受到了吵闹的印刷厂干扰没能听到，林琦便凑近后又问了一遍。

“陈晨！”白领女青年总算开了口。

“陈晨，你不必害怕，我是西区警局的林琦警官，这起案子我们警方一定会找到真凶，不过我们还是需要你的帮助，你能帮助我们吗？”林琦停顿了一下，接着说：“请你详细地告诉这位警察，你刚才看到和听到了什么，好吗？”

陈晨点点头，林琦的鼓励给了她勇气，她将自己走下公共汽车碰见的怪事，一直讲到警方到达这里。她的口供条理分明，整个叙述经过言简意赅，详尽到几乎不用补充。

“你认识那个跟踪你的人吗？”林琦又问道。按正常的逻辑思维不能推测，那个奇怪的男子很可能就是凶手，他的目标原本选择的是现在的这位目击证人陈晨，但陈晨侥幸逃脱了魔掌，凶手临时改变计划，受害人则成为了眼下地上这位小姐。

陈晨又不由自主地看了一眼不远处的左庶，才低声答道：“我认识那个男人。”

林琦和警员面面相觑，这可是强有力的一条线索。

“他是谁？”警员迫切的问。

“就是他！”陈晨纤手一指。顺着她的手看去，那头站着一个头发蓬松，脸颊消瘦，薄薄的嘴唇正念叨着什么的男人，他衣裳单薄，连外套都没有穿，看起来像急急忙忙冲到这里来的。霎那间吃惊凝固在林琦的脸上，因为那个男人竟然就是左庶。

“他原本是要杀我的，我记得他的发型。”陈晨斩钉截铁地又补充道：“警官，请你快捉住他，别让他跑了。”

林琦虽然是女性，却有着与男人一样的果断，她先安排将证人送回警局，然后冷静地调度指挥现场的勘察工作。尸体在初步检验和拍照后，从现场运往了验尸的医院，对整条小路也进行了地毯式的搜索。结果一无所获，其他目击者的寻找工作也毫无斩获。两个小时后，全部工作毫无疏漏地完成之后，她才对左庶说道：“看起来这个案件非比寻常，你必须得跟我去一趟警局。”

左庶像早就知道一样，冲着林琦露齿一笑：“那么，我们走吧！”

“我早就劝你把那头招牌式的乱发给剃了，你就是不听。瞧！现在给你惹麻烦了吧！”

“看来你和我的赌注将一直是我的头发！”左庶搔挠着头皮，笑道。

本来还觉得有些难以启齿的林琦，心里对左庶对她的理解感到欣慰，再如此一调侃，大家都不会为难和难堪。

左庶和林琦心里都明白，大麻烦在后面等着他们呢！通常凶杀案的背后总是隐藏着“理所当然”的动机。杀人动机分为三大类：为利

益而杀人，包括欲望的满足。此类案件相对较难侦破。虽然凶手的行为轨迹非常明显，可对警方来说，捉住凶手就像在一堆柑橘中找出一只广柑般麻烦，需要非凡的耐心、敏锐的眼力和迅捷的身手。重大刑事案件中，杀人动机的深处都与利益挂钩。第二类：为感情而杀人。因为嫌疑犯的局限性，所以情杀案比第一类的破案率高出不少。三：报复杀人，也可称为仇杀。与前两类有较大差别的是，仇杀案的发生预谋成分并不多，冲动之下失手错杀占了较大比重，故而杀人后自首投案的人很多。仇杀案的被害者也不一定就是凶手记恨的那个人，所以此类案件存在一定的不确定性。除去以上三种动机，余下的全是动机不明的凶案，例如变态杀手，犯罪怪癖等千奇百怪不为常人所理解的杀人动机，抑或是隐藏着更为庞大的阴谋。总之，根据有关数据显示，此种动机不明的犯罪，破案率只有不到百分之二十五。

回过头来再分析此案，被害人的皮包没有被翻动的迹象，死者也未遭受性侵犯，即可排除第一种动机。目击证人陈晨的证词可以证明，凶手并非一开始就打算袭击现在的这名受害者，只是恰巧死者成为了陈晨的替死鬼，作案手法快速且有效，显然经过了精心的策划，可以完全排除后二种动机的可能性。如果读者您有和左庶一样细致入微的观察，那么此刻的担忧是十分合理的。因为一手造成这起命案的很可能是个疯子，说得通俗些就是变态杀手，在后面的侦破过程中，也证实了这点。

5

案发现场是东区的管辖范围，所有人员本应该全部在东区警局大楼内接受询问，不过东区警局刑侦部门的人员都和左庶十分熟悉，甚至把他当作一位并肩作战的同事，因此大家都希望能避免这种尴尬的审讯。而且左庶与东区警局的关系众所周知，就算大家是认真调查，结果也可能被视为“包庇”。这个时候，“避嫌”成为了大家不得不考虑的事。可以说，除了那位目击证人陈晨外，没有第二个人相信左庶会是杀人凶手。

林琦深知排解所有这些烦恼会使案件真相更快地浮出水面，因为左庶专注于一个案件时，就等于将积蓄放进了瑞士银行般让人放心，破案指日可待。于是，林琦提出由她负责询问左庶的工作，将左庶移交西区警局，并由西区警局的警官参与询问左庶的全过程。而案件的侦查工作仍由东区警局掌控。如此协作办案的提议得到了双方的警局的准许。

很快左庶横穿城市的市中心，来到了西区警局的接待室里，左庶上午刚和罗敏警官在此进行过一次愉快的合作交流。雪白的墙面在夜晚里令人感觉到寒冷的空气正渗透进毛细孔。

左庶仍然挑了上午那只沙发坐了下来，林琦没有去坐办公桌后的椅子，她坐在了左庶对面的沙发上，捋了捋留海后她吹了声口哨，实在不知道该如何启齿，性格直率的林琦内心斗争溢于言表，左庶又何尝不知道，目前也只有他自问自答才能化解尴尬、摆脱嫌疑，左庶挠挠头皮，说："那位目击证人看见的人很可能就是凶犯，但那不是我。那条街道并不亮堂，目击证人又处于惊慌之中，凶犯的装扮或许与我相近，难保不会看错。我检查过尸体，体温流逝并不显著，如果推算死亡时间的话，从我的事务所步行到案发现场只需一分钟，因此我拿不出可靠的不在场证明。"

接待室进来一位身着制服的中年警员，他一进门就命令左庶道："面朝墙站，双手扶墙，双腿分开，我例行公事对你进行搜身。"

西区警局找来一位与左庶素未谋面的警员实施搜身，目击证人的态度起了作用。

林琦怒斥这种对名侦探侮辱的举动："这位是我的朋友，请注意你的执法。"

警员和左庶都目不转睛地盯着林琦，林琦也用求助的目光注视着左庶："如果可以，让他自己来吧！"毕竟搜身是正常的调查程序，林琦为左庶找了个台阶。

警员点点头，也认可了这种折中的办法。左庶开始从口袋中掏出一件件随身物品。

纸巾……笔……钥匙……记事本……钥匙？

"为什么你有两串钥匙？"警员嗅到了凶手的气味。

左庶似乎也没有弄明白怎么回事，掂了掂手中那串陌生的钥匙，对中年警员摇摇头。

中年警员将钥匙及其他物品装进盛证物的塑料袋，告别林琦出门了。

左庶先前一直没有提到这串钥匙，林琦旁敲侧击地问："你今天下午去哪里调查的？"话音刚落，左庶的神情变得极为严肃，像在回忆拼凑着一些事情，一会儿后，他挠了挠干枯的头发，又恢复了颓废的模样，开始缓缓道来他下午所做的调查。

"东区有处住宅小区名叫安山新村，你听说过吗？那里的房子十分简陋，和你们西区管辖内高档住宅区有着天壤之别，我受了客户的委托，下午去了趟那里。"

"就是你方才在事务所和我说的那个案件？"

"是的。我找到了委托人住过的那幢楼房，那几间原本属于那位房东先生的房间，从发生火灾后就一直闲置到现今，那间起火的房间只是重新简单地装潢了一下，看起来当时的火势并不算很大，因为那

房子只要被大火烤上一会儿就会坍塌的。我的客户显然夸张了一些，但至少我相信他没有对我撒谎。”

“就凭一间熏得发黑的房间，你就对一名精神病人有了信任？”林琦问左庶，她知道左庶不会将未成熟的想法流露出来的，她只是为左庶接下来要讲的话作个楔子。

“在客户的故事中，现在还活着的，或者说是还能提供线索的人只剩下一位老太太了，她就和我的委托人住在同一幢楼房内，她对当年发生的事情多少还有些记忆，而且她记得每个人的脸和名字！她坐在底楼树荫下，那棵树比小区里其他的都茂盛。以至于让我印象尤为深刻，她的证词足以证明当年确有其人其事，我也借此顺利地找到了我要找的东西。我们一个个谜题来解决。

首先，在那画家房间里凭空消失的那具尸体，显然那地方没有能藏下一具尸体的地方，尸体究竟去哪里了呢？我在那房子里转了半天后，终于寻找到了答案。案件中的盲点使得案件看起来玄乎其玄，当黄凯跑去报警的那几分钟，正巧他的邻居回来，看见房门大开，或许还看到了狂奔出去的黄凯，于是将尸体转移了地方。慌乱的黄凯一定没有关上自己的房门，所以最佳的藏尸地点无疑是报案人的床底下。在黄凯写给我的信的最后，可能他看见掉落在地上的被子下，一只腐烂发黑的手半隐半现。不得不说这个方法太绝了，如果不是使用在犯罪上，我会为如此高明绝伦的手法击节叫好。那位画家鲁坚考虑周密，就算尸体被前来的警察发现，也可以将罪名扣到黄凯的头上，事情的发展就将更为错综曲折。黄凯会把死尸和邻居搞混，想必死尸的容貌与鲁坚极为相像，进一步大胆推测，可能是孪生兄弟，先前黄凯就有提到过鲁坚的兄弟，还记得那个上吊的女人吗？她不是嫁给了鲁坚的兄弟了吗？那么，产生了一个凶手，用神志错乱来形容他的罪行并不为过。那场大火只是他‘杀死’自己的方法，孪生兄弟的尸体足以蒙混过关，凶手则可以堂而皇之的成为另一个人了，这招‘狸猫换太子’差点就欺骗了所有人。”

“其次，房辉宏承认杀害自己妻子的这一举动乍看之下无恙，但细细斟酌后我觉得疑点颇多。先不去管是谋杀还是意外，单凭房辉宏草草认罪的态度来看，不像是一名杀害怨恨已久的妻子后的丈夫，通过对那名‘夜上海’发廊小姐于萍的询问，我才得知，夫妻关系不睦的房辉宏和王敏慧，因为女儿房倩倩的原因，房辉宏时常谦让自己的妻子，为的就是不给自己宝贝女儿制造一个破碎的家。所以房辉宏时常要求于萍为他的妻子挑选衣服或者礼品。对女儿感情深藏不露的房辉宏之所以如此爽快地承担罪责，背后的隐情需要反向思维才能解答。”

“你是说……”林琦领会了左庶的思路：“那么那具女性尸体究竟是谁?”

“我们假设当天晚上房辉宏是带着妻子王敏慧开车兜风以做赔罪，并无杀意。半路上却无意撞倒了一个女人，这个女人就是那具被认为是王敏慧的尸体。别急，别急，我知道你要问那么王敏慧在哪里？实话说，我也不知道。但以此假设推理下去，为什么房辉宏要说自己是撞死了自己的妻子呢？我们是否可以将其看成是为妻子顶罪，当时开车的人也许并不是房辉宏，而是她的妻子，她不太娴熟的车技酿成了惨剧。事发之后，房辉宏让妻子先回家收拾行囊，到别处躲藏一段时间。房辉宏将尸体丢弃到了工地上，也就是第二天发现尸体的地方。由于凶手承认了杀人，尸体又血肉模糊，体貌特征与王敏慧又极为相像，无疑在验尸的过程中对死者身份的判断会受到主观的影响，很可能会产生错误的报告。黄凯那晚看到卫生间里忙碌着的房辉宏，一定是房辉宏忙着处理弄脏的血衣，你派人去检查一遍那个陈旧的卫生间，就能验证我的推理了。王敏慧此时正躲在某个角落，忏悔着她的罪行。”

“那么房辉宏为什么要自揽罪责呢?”这是一个重点。

“动机还是他的女儿。这个家庭失去王敏慧这样贤良的母亲，或是失去一位沉迷于赌博的父亲，哪个对女儿的生活影响更大呢？爱女如命的父亲只要稍做权衡就不难做出这个决定了。”左庶感受到了父爱的伟大，是这个黑暗的案件中最闪烁的一点。

“我觉得她被杀的可能性远远大于你的假设。”林琦直言不讳。

“一切都是我们的猜测，我更愿意向乐观的方面想。”左庶也明白，王敏慧的去向实在是不得而知。

左庶摆摆手：“这个先放在一边，最后来讨论讨论那个借车给房辉宏的吴世雄。他的被害如果和前面所说的案件有所联系，那么他的被杀动机很可能是灭口。由于他的死亡时间和那具女尸比较接近，而他的出租车又与案件有牵连，自然而然会把他的死归咎于房辉宏。这是个很大的盲点，蹊跷的案情太过理所当然就一定是出了问题，房辉宏一开始就打算承认误杀妻子的罪名，他又怎会为此去灭口吴世雄呢?”

林琦有些不明白：“除了房辉宏，谁还会想杀吴世雄?”

“他看到了不该看到的东西。这是灭口的基本要素。”

“可惜，你的客户死了，这些真相毫无意义。”

“研讨会”开到这，左庶内心的疑问全都集中到了那座“白塔”之中，惟一的当事人死在了那里，线索被一股脑地砍断在了那片静土之上，恶魔的容貌已经初露端倪。

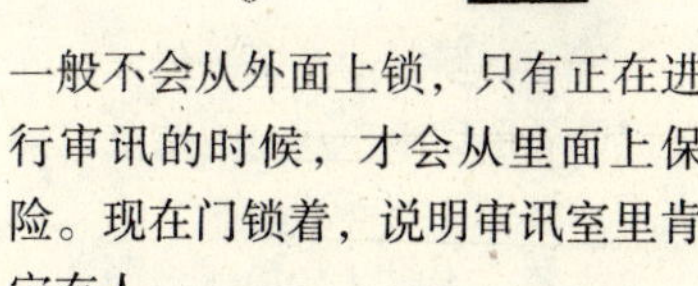

仿佛能看到乌云笼罩白塔的上空，茂盛的树木化为枯木，除了不知名的鸟的怪叫声，就只剩一片死寂。像传说中“德库拉伯爵”的城堡般令人毛骨悚然。林琦的想象使她感觉寒风凛冽：“真让人害怕，一群疯子中有个杀人魔，你为了寻找真相去了两趟那里，就没有用你引以为傲的洞察力发现些什么可疑的人吗？”

“我在你心目中难道是一个满脑尸体，只关心案件的呆头鹅式的侦探吗？如果没有我一番调查后的推理，你会把疗养院和四年前的命案联系起来吗？我常告诉你要专注于细节，就是这个道理。”

“没错！看来你也正是这样做的。我们现在是继续这样傻坐着讨论你缺乏大局观和整体观察事物的能力，还是去找找隔壁的罗敏，看看他有什么进一步的线索。”

“重视细节并不等于忽略整体，真要命！你完全没有理解我的意思。还是别再为这个争论下去了，否则在我们说服对方之前，下一个受害者就该出现了。”左庶无奈地摇摇头，每次和林琦意见有分歧，磨破嘴皮也无法令她信服，她只会相信事实。

6

罗敏就在接待室隔壁的审讯室中，林琦叫了几次门，里面都没有人答应，林琦尝试转动门把手，门纹丝不动。审讯室由于使用频繁，一般不会从外面上锁，只有正在进行审讯的时候，才会从里面上保险。现在门锁着，说明审讯室里肯定有人。

林琦向前台的值班人员查询审讯室是否有人在里面。值班人员揉了揉熬红的眼睛：“罗警官今晚进去后，一直没出来过。”

“可是现在敲门却没有人回答我。”林琦指指审讯室的方向。

“或许罗警官不想被打扰，”接待人员提出了一种可能，但他很快想到敲门的人是林琦，没有人会对顶头上司的敲门声充耳不闻，于是他又提出了另一种可能：“可能他累得睡着了吧！”说完，值班人员用力拉了拉门把手，同时呼唤着罗敏的名字。

仍旧没有回应，林琦耸耸肩：“没人会在这间房间里睡得如此踏实。”

值班人员从腰间取下一大串钥匙，搜寻一番后，他将一把贴有“14”标签的钥匙插入了锁孔，边转动钥匙边对着房间里说道：“罗警官，我开门进来啦！”

门顺利打开，值班人员低头将钥匙挂回了皮带上。越过他的肩膀，林琦看见罗敏侧头倒在桌子上，一盏强光台灯正照着他的脑袋，他的脸背着光看不清。一只手枕在头下，还有一只手耷在身旁。

“我说他在睡觉吧！”值班人员过去推推罗敏的身体：“罗警官，罗警官，快醒醒！”

谁知，罗敏的身子一斜，一阵短促的衣服摩挲声后，他重重地摔在了地板上，一动不动。

这时，大家才发现地上的一滩殷红的鲜血，左庶不知何时出现在了审讯室的门外，他快步上前用食指和中指搭住罗敏的颈动脉，随后恼怒地甩开手："看样子又出事了！快叫刑侦科的人来！"

值班人员听了这名"嫌疑犯"的话后，急忙跑向电话机。

借着这个空档，先来为读者朋友们介绍一下这间西区警局的审讯室。房间约14、5平方米左右，朝北的墙上开了一扇狭窄的玻璃窗，结实的铁丝网封住了整个窗户，铁丝网不是用来防盗的，而是防止审讯室中嫌犯逃跑的，所以其坚固程度不言而喻。房间正中央摆着张方桌，桌子两侧各有一把椅子，桌椅脚全固定在地板上，以防止嫌犯挣扎时搞得天翻地覆。浅蓝色的墙面上挂着两幅看起来像书法的抽象画。除了那盏台灯外，还有桌子正上方的吸顶灯可供照明，现在，两盏灯都开着。审讯室的布置一目了然，十分简洁明了，没有可以躲藏的地方，最重要的是，那扇被值班人员打开的门是进出这房间的惟一通道，没有其他可供人类，哪怕是儿童出入的空隙。之所以反复强调这点，原因想必大家都明白，如果罗敏之死是起谋杀，无疑此案将成为最高难度的犯罪杀人手法——密室杀人。

7

勘察人员作出了非常迅疾的行动反应。距离他们发现尸体仅仅过去了八分钟，刑侦科的人马就已经在现场忙碌开了。

左庶看了看手表，现在是凌晨二点四十五分。

罗敏的死状凄惨无比，令朝夕相处的刑侦人员不忍目睹，有人当场就掉下了眼泪。罗敏七窍流血，嘴唇紫得发黑，胸前的衣襟及一只衣袖被血染红。桌子上摊放着一本书，书页皱巴巴的，看起来是有人故意为之，摊开的那两页上沾有血迹，桌上还放着罗敏的手机、香烟、烟灰缸和一叠案件卷宗，它们见证了罗敏的死亡过程。在审讯室内死了一名正在查案的警察，蹊跷的是这里看起来根本就不像是犯罪现场，但没有人愿意将此案归为自杀，所有人都坚信不疑，发誓要找出杀害罗敏的凶手来。他们的愿望如此强烈，以至于在桌子下发现一把裁纸刀后，全兴奋地大叫起来："找到一把刀，看起来很锋利。"捡到刀的刑侦人员留了一撮小胡子，用戴着白色手套的手在刀口上比画了几下，随后将刀装进了证物袋。但他高兴得似乎早了些，也许他还没有意识到，罗敏的死因是中毒。

"尸体没有外伤，罗警官是死于某种化学物质，毒性十分强烈，

基本上当场毙命。那把刀可能对破案没多大的帮助！”另一名负责勘察尸体的警员冷静的说道。

“也许凶手用刀胁迫罗警官服下毒药。总之，这是件重要的证据。”“小胡子”警员争辩道。

就站在门口的林琦忍不住开了口：“我不需要你们毫无凭据的推测和假设，一小时后，我希望本案详细的报告能摆到我的办公桌上。有其他发现随时叫我，我就在隔壁的接待室。”

在西区警局，林琦的坏脾气和她的美貌同样出名，她的治军严厉有时会令下属叫苦不迭，而她的领导能力和人格魅力却又让他们甘心为她效力。似乎她天生就该做个领驯者，世界上的事物之间的确存在一种类似食物链相生相克的关系。林琦感觉，左庶总凌驾在她之上。这条法则也适用于另一个领域，被害者——凶手——警察——人民群众，他们同样构成了一条另类的食物链。

左庶一语不发，他知道罗敏之死只是一系列恐怖事件的连带结果，看着埋头忙碌在现场的警员们，似曾相识的场景，让左庶记起傍晚在事务所外发生的那起命案，虽然不是第一次呆在犯罪现场，可左庶仍然在竭力去适应这种阴沉的环境，他无法克制内心深处的悲愤，这样的话，也就没有办法冷静地思考问题。

8

初步勘察报告准时交到了林琦的手上。罗敏死于三氧化二砷中毒，这种毒物俗称“砒霜”。毒药是通过口腔进入体内的，遗留在现场的血是从罗敏的七窍流出来的。现场无打斗痕迹，尸体无任何外伤。根据同事的口供，罗敏下班后是去了一位证人的家里送上午疗养院命案的资料，回来后就拿着一本书将自己关进了审讯室。审讯室在值班人员用钥匙打开之前，门是从里面锁上的，房间里也只有罗敏一个人，进出审讯室必定从值班台前走过，那么晚了警局里基本没有闲人走动，值班人员也没有看见其他人进入审讯室，那么凶手究竟是怎么毒杀罗敏的呢？现场没有盛装毒药的容器。这仍需进一步的调查。

翻阅着遗留在现场的卷宗，当然，能这样拿到卷宗得益于林琦的职权之便。左庶发现是一起发生在两年前未侦破的凶杀案，案件本身并不复杂，但死者是一起保险诈骗案的证人。对着档案上死者的照片，是一个漂亮的年轻女子，左庶有种似曾相识的感觉。再一看死者的姓名，左庶激动的几乎要去亲吻破旧的纸张。那个女受害者的名字是：房倩倩。

当黄凯的故事进行到高潮部分，这位故事中惟一的女主角就再也没有登场，是巧合还是另有原

因？左庶已经依稀看见了，房倩倩的死与四年前的命案之间那根细如蛛丝的线索。

左庶继续往下看，发现大多数有关本案的资料都是出自罗敏之手。罗敏追查一起保险诈骗案时，房倩倩进入了他的调查范围。但事情有了诡异的转变，终于有一天罗敏决定对房倩倩做一次面对面的讯问。但罗敏推开她没有上锁的房门时，却看见了倒在血泊中奄奄一息的房倩倩，躺在罗敏怀中的房倩倩，流淌着鲜血的嘴角断断续续的说了几个字:白……白塔，地……地……地狱……房客。

说完她就咽了气，罗敏不理解她临死时所说的内容，因为这显然是一起谋杀案，受害者在最后的遗言中却不留下凶手的名字或者相关讯息，当时的罗敏一定不明白其中的奥秘所在。左庶心中暗暗加重了对罗敏之死谋杀的推测。

认识罗敏的人也都一致否定了自杀的可能性，一个正全身心投入到案件侦察工作中的警察，怎会选择在此时此地了断自己的生命呢？但如果是谋杀案，凶手使用了何种魔法，瞬间夺走了罗敏宝贵的生命。如果没有人逼迫他，罗敏为何在密室中服下剧毒呢？还是在这间用来寻求真相的审讯室中，某些重要的东西被隐藏了起来。凶手诡计的命门又在哪里呢？

与此同时，左庶也没有忘记他来到西区警局的原因。对左庶不利的事情不单只是目击者陈晨对他的指证，在左庶的外套中找到的那把钥匙，经确认，正是目击者陈晨丢失的房门钥匙。

左庶从容的样子，让他看起来对此事一点不操心，他仿佛就和此事无关一样，他根本没去理会，专注的神情犹如一尊大理石的雕像。林琦又在他的眼睛里找到了往日破案时那跳跃着的瞳孔。

“你不打算为自己作一番辩护吗？”

谁也不知道左庶的下一句话，将会这般具有震撼力。只见他从容地走向接待室，用背影对众人说：“我的事情待会解决，先说说这起密室杀人的手法吧！”

可以这么说，晚上留在西区警局的警察基本都跑来听左庶的推理了，这让接待室顿时像炸开的锅。

“他是谁啊？”

“听说他是嫌疑犯。”

“我在东区警局看到过他，他好像是侦探。”

“难怪这么快就破案了，连我们的林警官都没有头绪呢！”

“还不一定呢，说不定想借机减轻自己的嫌疑。”

“嗨！前面的，轻点！”

能坐在接待室里近距离聆听这场推理秀的都是西区警局的精英，他们或多或少对左庶持怀疑态度。惟独林琦松了一口气，她知道不必

为罗敏之死的真相而担忧了。

左庶危襟正坐，对大家说："大家可能在想我为什么坐在这里，和一群警察大谈一名警官如何在一间密室中被杀害的，这的确有些奇怪。但我要说的是这其实只是一次偶然的巧合，让我发现了凶手的诡计，鲜血、裁纸刀和紧闭的门窗都不是破案的关键。"

门外一片哗然，大家原本对谋杀的怀疑，终于有人站出来证实了。

左庶接着说："罗警官的烟瘾非常大，我想熟悉他的人都知道。凶手正是利用了他这个习惯，在他看的那本书上下了毒。看过这本书后就能找到手法的奥秘了。《地狱房客》尾声揭开所有谜底的部分，将此隐藏在前文中的线索一一罗列，在看到此处的读者，绝大多数会返回前文中寻找线索的所在之处，这些线索分布在并不连续的好几页中，而在酣读中的罗警官又不会准备那么多的书签，所以他一定是用他的手指夹住书页，充当书签的用途，凶手就是将毒物涂在了这几页上面。当罗警官的手指沾上毒物之后，就通过他的手指到了指间的烟嘴上，他抽烟的时候也就是他中毒的时候。罗警官之所以锁上门，是不想被打扰，可能这本书中蕴涵着某个案件的重要情报，他才会那么细致地做着笔记摘录。而这本《地狱房客》的作者正是我昨天拜访过的一名客户，他在今天早上去世了，死亡原因也是中毒。"

"他中的也是三氧化二砷。"不知道谁插了一句话。应该是去过疗养院勘察的警察。

"先将罗警官死亡时看的那本《地狱房客》拿去化验，谁去把疗养院的案件卷宗给我拿来。"林琦迅速做出行动反应："看来这两起案件有着内在的联系。"

"好了，现在回过头来说说我是怎么牵扯进命案里的。"左庶苦笑着摇摇头："现在人证物证都指向我，但要注意，这两样证据都无法证明我与女性死者的死有任何直接的关系，最多只能勉强证明我有袭击那名女证人的嫌疑，可我有不在场的证明，下午 6 点我刚从一间名叫'夜上海'的理发店办完事，从时间上推算，我至少需要 30 分钟才能到达命案现场附近，不可能实施犯罪。"

"请提供那间'夜上海'的具体情况以及证人的身份。"

左庶对于自己的业务只字未提，想必是出于对黄凯的尊敬，也有可能是对于自己名声的顾忌，所以左庶要求单独告诉林琦一个人。

第八章

1

二月十五日，距离罗敏警官的

死过了4个小时，郊区的疗养院格外宁静祥和，白塔像圣女般矗立着，坚硬的外表分外冷峻，仿佛预知将要发生的事情。

一列车队破晓时分驶达疗养院，林琦第一个开门下车，打着手势指挥警员控制住疗养院的所有出路，随后她按响了大铁门旁的门铃。不一会儿，看门人套着毛衣一路小跑打开铁门中的小门。

“副院长在里面吗？”林琦问看门人。

看门人打了个哈欠，啧啧嘴答道：“副院长？你们找他有什么事吗？”

“我们是警察！”林琦亮出证件，看门人也注意到了林琦背后的警车，连忙收起满脸的睡意：“副院长长年住在疗养院里，我带你们去找他。”看门人回屋提了钥匙，顾不得套上件外衣就快步走向白塔。

他们走的仍旧是昨天罗敏走的那条捷径，早晨是病人情绪最不稳定的时候，各种各样的噩梦困扰着他们，他们的精神状况都处于临界点，不时有尖叫声从走廊那头传来。

因为电梯在七点才运行，所以到达顶楼副院长的办公室时，林琦和两位同事气喘不已，看门人爬惯了这里的楼梯，气定神闲地掏出钥匙挑选了一把，打开副院长办公室的门，办公室靠近角落的地方还有一扇门，那就是副院长通常睡觉的卧室。

林琦重重地拍了几下门板，不见任何动静。

在等待了片刻之后，看门人知趣的用钥匙开了门。

不大的房间里称得上家具的只有一张床，床铺平整得犹如森林中宁静的湖面，副院长昨晚没有在这里过夜。

“奇怪？副院长去哪了呢？昨晚我没看到他出去啊！”朴实的看门人有些不解。

林琦检查着外面那间办公室的窗户，发现办公桌后的窗户没有上锁。探出窗外一看，外头是个平台，这个平台环绕着“白塔”顶层，有一条铁梯通往底楼的屋顶，从那里可以很容易的逃出疗养院，只需在偏僻的小树林准备好一辆汽车，四十五分钟后就可以离开上海了。

“看来嫌疑犯逃跑了！”林琦恨恨地捶了下窗台，震得几本书掉落在地，那几本书的封面上都写着“地狱房客”。

“你们找副院长到底为了什么事情？”看门人凑到两位警员身旁，想打探些“独家新闻”。

“不该管的事情你少管。”林琦呵斥道。随后向二名手下使了个眼色，就急急忙忙离开了疗养院。

穿行在狭长的走廊中，突然前方闪出一位白发苍苍的老妇人，她就像早知道曹操会取华容道一样，神定气闲地等待着林琦的来临。显然她正违反着疗养院的规定，所以她十分匆忙地将手中的一封信交给了林琦，说道："林警官，我儿子让我交给你一些东西，请你拿好。"说完，她头也不回转身向自己的病房慢步走去。

如果读者们还记得左庶第一次来疗养院的情景，就应该还记得曾坐在黄凯身旁的那位老妇人，此刻的老妇人正是她。

林琦稍稍迟疑了一下，她捏了捏薄薄的信封，感觉里面有类似绳子的东西，还有张纸。

追捕嫌疑犯的时间紧迫，林琦将信封塞进了后面的裤兜，迈开大步往外走。

目光空洞的看门人在窗边望着警车远去，当警车转向疗养院通往外地的高速公路时，看门人突然失声大笑起来，他捧起地上那几本《地狱房客》，兴奋地走出副院长的办公室。他知道警察来此的真实意图，作为这座疗养院的"眼睛"，不难察觉这几天进进出出的人都在忙些什么。

一切都源于那位作家病人，副院长对他的死要负上一定的责任，病人死于药物，而掌握禁闭室中药物的人就是副院长，其中奥秘尽在不言中。那位来过两次的罗敏警官似乎理出了头绪，但在昨天遇到副院长之后，一定遭遇了不测，从刚才那班气急败坏的刑警表情中就能看出来，他们的队伍中缺损了一位中流砥柱，因为他们的眼神饱含失落和沮丧。副院长无疑已是警方的头号公敌。

2

城市的另一边，左庶的好友东区警局档案室科长王震登门拜访，左庶曾经的一个问题搞得王震茶不思，饭不想，绞尽脑汁却仍解不开谜底。

"好吧！"王震深吸一口气，说："是那位不苟言笑，喝白开水的女人。结婚后的女人对丈夫以外的男人兴趣不大，所以你的到来她并不在意。"

左庶用摇头否定了王震的推理。其实王震被误导入了歧途，这只是道脑筋急转弯的智力题，一旦思维方式不对路，即使猜上一百次也不会正确。为了让王震不干扰自己的调查工作，左庶才用此道题将王震困在了他自己的头脑之中。想不到王震能把自己折腾成这样，左庶顿时忍俊不禁。

王震恍然大悟，自己又被蒙骗了一回："该死的私人侦探，为了蝇头小利公然挑战司法机关工作人员，如果你不想自己的名字出现在我的档案科重案栏的话，将你隐瞒的一切都如实交代了。"

"你别发火，坐回你的沙发，我会告诉你想知道的一切，如果你想知道戴安娜之死、开膛手杰克的真相我也愿意效劳。"左庶停下抿了抿干裂的嘴唇，继续说道："判断三位女子中的已婚者，只须看谁

戴了结婚戒指即可。”

“出这样的题，在我看来无异于诈骗犯罪。”智力题的答案往往令人万分失望，所以王震此时更想知道那件即刻告破的案件情况：“你还是说说我感兴趣的吧！”

事务所的挂钟到了八点，左庶看了眼桌上的电话，正巧电话铃声响起，他慢悠悠地拎起听筒，表情看起来十分享受这悦耳的铃声。

通话时间很短，挂掉电话的左庶非常兴奋，但他仍保持克制，眼光失去了原有的神采，如同汽车的前灯一般，当黑暗过去就不需要在工作了。

“如果你不能在我上班去之前将案件完整地告诉我，那么今后的别想再从东区档案科里弄到任何情报。”王震拉下了他的娃娃脸。

“这就开始给您汇报案情，我亲爱的科长。”左庶用右手扶着额头，稍加思索后开始叙述道：“就在昨晚，一名西区的罗敏警官在警局中被害，而他被杀的原因是他注意到了一起自杀案后的阴谋。关于那起自杀案，昨天已经告诉过你了，就不再赘述一遍了。罗敏的被害是一个非常醒目的提示牌，直接将我引向了凶手的藏身之处。

首先，罗敏之死证实了我的客户黄凯并非真正的疯子，他被人利用成为了一名目击者，一名能让凶手逍遥法外的目击者。从某种意义上说，我的客户必须活着才能证明凶手的无辜，但凶手却又不想让黄凯逃出他的视野，精神疗养院就像民间的监狱，是理想的禁锢场所，将情绪激动的人送进去，使其成为一名疯子并不太困难。当凶手这一目的被罗敏发现后，毫不留情地下手灭口。那晚罗敏见到的人中，就有四年前制造惨案的杀人魔头，谁也不知道他的真面目，因为清楚他底细的人全都被他永远封住了嘴，再也说不了一句话了。但不难推测出一些细枝末节。谁能将毒药投到黄凯的药丸里？谁又能支配黄凯的出院期限？谁在昨天接近过罗敏警官？谁又能轻而易举地接触到危险毒药？”

王震托着腮帮子，抢答道：“那个副院长。”

“凶手是谁已经十分明显了。”左庶随即话锋一转：“往往真相并非信手拈来，过于简单的事，是最容易令人疏忽大意的。人们往往记不起家门前种的是什么树，天天碰面的同事只知道对方的姓氏，不知道彼此的全名……”

“快停止你无穷无尽的比喻，到底你是怎么坐在事务所的椅子上破案的？凶手究竟是谁？是副院长吗？我就快到点上班了。”王震的手表已经到了八点三十，他急切想了解这起谜案的尾声。

“那我就说重点吧！”

“早该如此！”王震埋怨了一句，却又聚精会神地竖起耳朵来。

“人人认为副院长有重大嫌疑的时候，是真凶嫁祸的好时机。我预料今天早晨去疗养院的警察们，一定找不到那位副院长。不过我们并不需要寻找他，只要等到真凶去见副院长的时候，便可大功告成了。刚才的电话是西区的林警官打来的，凶手已经被捕，副院长在凶手汽车的后备箱中被找到，凶手正准备要动手杀他。”无论如何他也不会想到凶手是个雀斑满面，不起眼的看门人吧！左庶刻意停顿了一秒钟，“凶手等到警车开走后，便去树林中解决他的替罪羊，副院长是昨晚被他骗至树林内被打昏后捆在了后备箱中。很可惜，凶手遇上的可是林琦警官，他四年以来的运气都用完了，幸运女神再也不会眷顾他了。”

左庶接着说：“你一定想问，一个疗养院的看门人要怎样实施这一系列的计划呢？但实际上，他比疗养院里的任何人都更容易得手，且不会引起别人的怀疑，他的乔装打扮就连黄凯都无法认出他就是当年的鲁坚，我可以想象他在微弱的灯光下，用画笔在脸上点出那一粒粒的雀斑。我开始怀疑看门人，是因为他明明知道我和黄凯的关系，却故意说错，他刻意隐藏自己所知道的，才会显得不那么自然。他有疗养院每扇门的钥匙，他在黄凯的饭菜中下毒易如反掌，厨房并未设防。

长期以来，黄凯之所以在别人眼里是个疯子，完全是因为鲁坚扮演的看门人一直让他服用慢性毒药。毒药发作时黄凯变得神智不清，何况他还有个如此怪诞的故事，让人不得不相信他是个精神病患者。而这位叫鲁坚的人，犯下累累罪行的动机，我在你的档案室里找到了。四年前，黄凯被从火场中营救出来那天，有人向东区警局报案，声称一名叫鲁坚的人失踪，报案人是他的哥哥。二年后，失踪者仍下落不明，又有人准时为他填写了死亡申请，猜猜申请人是谁？没错！还是他的哥哥。真是精心策划的犯罪。兄长杀死弟弟，有十一种可能性，我只说可能性最大的情况——争夺遗产。紧咬住这条线索，我发现了兄弟俩的父亲早已去世，他们的母亲留下了价值五百万的地产、企业和存款。依照遗嘱，财产的九成归长子所有，其余一小部分属于次子。这样一来，我原本顺畅的推理遇上了大难题。”

“你总爱夸大一些小小的障碍，以显示你胜人一筹解决麻烦的能力。快说你最后得出的结论！”王震催促道。

“兄弟之间彼此了解，从小一起玩耍、睡觉、吃饭，他们深知对方的一切，所以想扮演另一个，他人一定难以得知。据我所知，弟弟鲁坚是位画家，哥哥鲁仓是个花匠。黄凯的邻居就是鲁坚，他想利用敏感的推理作家证明自己的死

亡。实际上他杀害了哥哥鲁仓，将尸体伪装成自己，他回到花丛中扮演起他的哥哥，当发现那具焦尸的时候，没有人会怀疑到‘鲁仓’的身上，因为哥哥是没有理由杀害弟弟。他急于宣布兄弟的死亡，为他的计划画上完满的句号。黄凯能活到今年，是因为鲁坚需要证明自己死亡的证人，而现在，他不需要了，失踪四年即可宣告死亡，两年前的他在你们警局有过失踪登记，必须再过两年才能宣告他兄弟的死亡，这些可以在资料里查询到。”

杀人犯的心思王震总也揣摩不出个所以然来。在他的观念中，他相信有些残忍的事情人是无法做到的，就像人们坚信终会死亡一样。因此，王震认为世界上存在着另一种生物——魔鬼。魔鬼像人，却不是人，他会变成人形肆意杀戮，魔鬼就隐藏在茫茫人海之中，是医生、律师或者就是王震自己，谁又知道呢？王震苦笑着走出左庶事务所的楼房，像一只游去上游的鲤鱼般，迅速融入大群体之中。

左庶的愁眉仍旧紧锁，破案后的他表现不出任何喜色，那位名叫房倩倩的美丽姑娘，是一名可怜的帮凶，鲁坚杀害了她的母亲，也许是为了让她获取更多的自由，而她也是被鲁坚灭的口，想必她知道的太多，凶手又感觉到她有了动摇，于是痛下杀手。记得故事开始的时候，黄凯发现有女人逗留在鲁坚的房间里，那一定就是房倩倩，鲁坚和房倩倩利用了本质敦厚的黄凯。有一点想到现在才终于明白，房倩倩为什么不直接告诉罗敏凶手的名字呢？左庶的假设十分大胆，因为鲁坚这时正躲在房间里，或许就拿着凶器站在门后，一旦凶手的名字从房倩倩的嘴中念出来，那也意味着会增加一名被灭口的人。

左庶想起自己的衣服还在洗衣店没有去拿过，他边下楼边思考着他在罗敏卷宗上看到的一段话，是房倩倩日记本中的一段关于她母亲葬礼的记录：

葬礼本该是让人悲伤的，可我却一点哭不出来，并不是我知道棺材中的不是我的母亲，尽管我的母亲躺在另一处特殊的棺材里。看着那些嚎啕大哭的亲属们，我自问道：他们真的那么爱我的母亲吗？答案很快就在丧席上找到了，吃着酒家中的‘豆腐羹饭’，每个参加葬礼的人都喜笑颜开，很多许久未谋面的亲戚谈笑风生，高喊‘干杯’，如果没有他们手臂上的黑纱，谁又能分辨出这是一场喜酒还是丧酒呢？我不禁为我的母亲流下了几滴同情的眼泪，她的兄弟姐妹，她昔日里的好朋友，在她葬礼结束仅仅一个小时，就开始操心起自己儿子的婚姻来，或是关心下周哪个大卖场将会有优惠活动。我母亲对他们的价值已经消失了，就如同伐木工人对待枯木一样无情。我感谢鲁

坚为我除去了这个束缚了我二十多年的母亲，我也想和他们一样享受这席酒宴，可惜我做不到。

看来王敏慧已经死了。

“我的母亲躺在另一处特殊的棺材里……就如同伐木工人对待枯木……枯木”左庶重复到这里的时候，他灵机一动，王敏慧的尸体会不会成为了他们楼房前那棵茂盛大树的肥料呢？说不定树根旁还埋着用来敲击“大熊”头部的凶器呢！如此一来，也能解释“大熊”的被害了，他在结束麻将后走回家的途中，看见了正在掩埋王敏慧尸体的鲁坚，鲁坚的铁锹或许就造就了“大熊”脑袋上的伤口。

当林琦的搜查工作结束后，相信一切都会水落石出的。但延续四年的谜案仍旧疑点重重。左庶翻开他的黑色小笔记，上面他记录着这样几行小字：

1.当鲁坚画着那个上吊的女人时，是谁报警的呢？谁会知道有个女人跑去他家自杀？试想，如果这个女人是被谋杀的呢？当她在开门的时候不小心钥匙掉在了地上，她俯身去拣，这时，背后有人偷袭她，用绳子或者其他东西缠住她的脖子，直至断气。由于她处于低位，造成的伤口很可能与上吊自杀所造成的伤口相似，从而使侦察方向产生大的偏离。凶手报的警无疑是个不错的合理解释。

2.被误认为是王敏慧的那具尸体，从伤痕上看不像是被撞死的，而更像是被压死的，如果被行驶中的汽车撞到，在胫骨处会有严重的骨折，而女尸的是伤口却集中在上半身。再试想，如果马路上躺着的原本就是具女性尸体呢？查一下当年失踪人口的记录应该能找出死者的真实身份来。

3.不可忽视的一个人物，尽管他没有露出过真面目，但他的出现从来都让人心惊胆战。那个跟踪过房倩倩的黑影。

左庶被一辆从面前五公分急驶而过的汽车惊吓了一下，他感觉周围的建筑有些奇怪，他记得自己出门是为了去取干洗的衣服，而此时他却站在一家美发店的门口。可能因为和林琦打赌的原因，左庶条件反射似的想起了林琦，自然而然联想到了昨天那起案件，一闪而过的是女死者脚上鲜艳的红色高跟鞋。

猛然间，左庶的记忆神经仿佛有强电流通过，那具被误认为是王敏慧的尸体、那具被吊在鲁坚家里的尸体、再加上昨天的被害者，他们都有一个共同点，脚上都有一双红色的高跟鞋。综合分析昨晚的凶杀案，这个凶手绝非普通的杀人犯，他细心、大胆、有周密的计划、智商极高、毫无怜悯之心，如果以上三宗案件的确由红高跟鞋所联系起来，那么这些因素足以构成一个上海历史上最可怕的连环杀手。

至今左庶没有明白陈晨的钥匙

怎么会跑到他的口袋里来的，但这个迹象表明，凶手开始向他下达战书了。一场腥风血雨已经来袭，艰苦的较量在头脑灵敏的名侦探和头脑同样灵敏的连环杀手之间展开了……

3

落网的鲁坚在抓捕过程中服毒自杀了，他的性格是允许自己再次经历一次失败的，他的第一次挫败失去了她心爱的女人，第二次将失去生命。

林琦神伤地看着七窍流血的鲁坚，这个由社会和家庭造成的惨案终于收场了。一秒钟后，林琦收起了她的表情，恢复一派女强人的模样。这时她才记起疗养院里的老妇人交给她的那封信，林琦根本没考虑是左庶的私人信件，她不假思索地打开了未封口的信封。

一撮乌黑的头发窝在信封的最内侧，里面还有一张信纸。白色的信纸上粘贴着几行字，字是从报纸上剪下来拼凑而成的。这样写道：左侦探，您是否为口袋中的钥匙而困扰呢？这只是我的一个善意的玩笑，我保证会向警方证明你的无辜，但你对死者必须负起责任来，你该知道她们为什么被杀。生活不是电影，所以我不是在开玩笑，你的人生从今往后将和我的紧紧相连。

另附上纪念品。

署名是：死神的右手

忽然林琦的手机响了起来，搜查东区安山新村那间与命案相关的卫生间时，警员在那条狭长的水泥墩子下找到了带血的衣服和一双差不多失去了原有红颜色的高跟皮鞋，这些是那具尸体的物品，绝不是王敏慧的。

又是红色的高跟鞋，林琦也想到了什么，连忙朝太平街2号的方向大步走去。

尾声

粗糙的手托摸着一根打满结头的细绳，每结之间的绳子颜色各有差异，细细一数，共有九个结。那两只手将细绳放到鼻子旁，嗅嗅气味，然后发出一记享受的呼气声。反复几次之后，他走到墙面的挂历旁，用红色的唇膏在三月十日上打了个奇怪的标记，如饿狼般的眼睛中全是饥渴、贪婪、噬血的眼神，他浑身兴奋的手足无措，恨不得立刻咬上几口外面的路人。

手的主人不时舔上几口手中开叉的绳子，恰巧有分叉飘落在了地板上，在阳光照耀的明亮处，那丝头发仿佛想借助万能的阳光诉说它们主人的冤屈。

房间的角落处堆着许多只皮鞋盒，盒子上的有几行小字：

品名：高跟鞋

颜色：红色 Z推理

编辑有话说

Hello 大家好，终于又和大家见面了，这次呢，有两个好消息要告诉大家。

第一个就是，我们的官方网站正式开通了，以后大家想了解杂志的相关信息都可以直接到网站上来。有需要咨询的问题或者想和编辑沟通都可以直接发帖子，想投稿的朋友可以直接在线投稿，编辑会在上面很快做出回应。另外，像用稿名单、发放稿费时间等等和杂志相关的内容都可以在这里找到。欢迎各位多多光临我们的网站，吼吼～～差点忘了，我们的网址是 www.indooo.com 。

还有一个好消息就是，在《最推理》的下一期，我们将刊登幸运读者的名单。《最推理》上市以来，受到了众多朋友的关注，来自五湖四海的朋友给了我们特别多的支持、鼓励、批评、建议……每一份读者调查表我们都有认真的读到，非常感谢各位的支持。

所以现在，该是回馈大家的时候了。我们会在前三期的读者调查表中抽取若干幸运读者，送出我们的一份心意。也许礼物不是很贵重，但绝对代表了编辑部所有成员的心意。

再次谢谢大家，请期待《最推理》第四辑，也许你的名字就出现在上面哦～～

《最推理》作者“杀人”专用版

同是推理作者，又在一个 qq 群里，所以他们有时会进行现在最 HOT 的聊天室杀人游戏。以下为个人口头禅：

[普璞] 说：前空翻三周半，转体 720 度，华丽跳 =========== 水！

(注：水是平民的意思，其特点就是玩杀人游戏活不过 5 分钟，不是被众人票死，就是被首杀，如果 5 分钟以后还没死，是杀手的概率为 95%)

［青青细胞］说：**<指证 苏簌>看这家伙目光游移，肯定心怀鬼胎，就选他了**

［苏簌］说：**<指证 青青细胞>看这家伙目光游移，肯定心怀鬼胎，就选他了**

(注：这两人一向如此)

［河狸］说：**<指证 普璞>这把肯定是杀手，下了！**

(注：不论河狸的身份是警察、平民还是杀手，台词永远不变)

［王稼骏］说:这把我是水，青青应该是凶手，晚上千万别不杀人啊！

(注：他有杀手情结，最讨厌杀手晚上不杀人)

［青青细胞］说：我不是！不许乱说！

(注：虽然每个人都不会承认自己是杀手，但其特点是特坚定、坚决地认为自己是好人，即使是游戏结束了，杀手的头像在她名字旁赫然醒目，她还是会坚定地说这句话！)

［和他们一起玩的还有若干好朋友，等以后再做介绍］

现摘录一段（绝对真实，可考证）：

【系统消息】月黑风高杀人夜，大家保重吧

【系统消息】可怜的［假面］终于没能逃过杀手的凶残，被无情地谋杀！

【系统消息】遗言时间开始，让我们安静下来，聆听临终者最后的声音吧！

［假面］：为什么是我?！为什么不是pupu?！把pupu扔上来！

【系统消息】天光大亮，现在是各位公民发挥才智，找出真凶的时间了

［普璞］说：大家镇定，别听假面的，我肯定不是杀手。

［河狸］说：**<指证 普璞>别狡辩了，下了**

［青青细胞］说：**<指证 苏簌>看这家伙目光游移，肯定心怀鬼胎，就选他了**

［苏簌］说：**<指证 青青细胞>为什么老指我?**

［王稼骏］说：**<指证 普璞>看这家伙目光游移，肯定心怀鬼胎，就选他了**

［普璞］说：高了，高了，我真的不是杀手，如果这把我是杀手，再也不写推理小说了！大家撤票

［河狸］说：**<指证 河狸>既然pupu都这么说了，那先撤吧**

——这时，转折出现了！——

【以下发生在qq群里的聊天记录：

青青细胞：20:51:41

王稼骏是杀手，他刚才都没在群里说话！

普璞：20:51:49

有道理啊！】

（注：因为大家都在一个群里聊天，杀手在游戏天黑中要忙着杀人，所以有时会无暇顾及那头，特别是一向都在群里很活跃的王稼骏……）

——转折结束！——

［普璞］说：**<指证 王稼骏>兄弟，你带刀了吧？**

［青青细胞］说：**<指证 王稼骏>看这家伙目光游移，肯定心怀鬼胎，就选他了**

［王稼骏］说：pupu，你干啥呢？

［普璞］说：你带刀了，刀露在裤子外面了，我都摸到了！

［王稼骏］说：什么？pupu你摸我裤子?!、

［苏簌］说：**<指证 王稼骏>看这家伙目光游移，肯定心怀鬼胎，就选他了**

［河狸］说：**<指证 王稼骏>寒，pupu你竟然摸人家裤子**

【系统消息】哎，表示同情，众口铄金，积毁销骨呀，［王稼骏］你就认命吧

【系统消息】————游戏结束，好人方胜利——

【系统消息】玩家获胜积分：河狸［4.60］，苏簌［2.00］，青青细胞［2.00］，假面［2.00］，普璞［2.00］

这一次，好人方获得了胜利！yeah！~~

读者论坛

贵州张尹：建议每期一道谜题，让读者来猜，推理正确的朋友有礼品。

请问《最推理》有无官方网站？

围着太阳跑：因为有读者会等不及看到答案，所以谜题会当期印出解答。不过你的提议也可以考虑，尽量想到合适的办法。

杂志网址是：www.indooo.com

广东刘付陶华：请问贵刊的电话多少？另外，我想知道如何购买庄秦先生的作品，如《夜葬》《夜长梦多》，谢谢。

庄秦：《夜葬》单行本很难买到了。现在市场上有一本合集，是我的《夜葬》与七根胡的《悬兰枯》，也是正版的。《夜长梦多》基本上在新华书店与网上书店都能买到吧（比如卓越网）

围着太阳跑：编辑部电话027—87752172

江西钟超：缺少“密室杀人”等不可能犯罪的内容，不够精彩

张原：有关“密室杀人”的佳作会在今后陆续推出，不过推理小说乃百花齐放之文学，不可能犯罪的种类也很繁多，并非只有“密室”才精彩。实际上，目前日本乃至本土推理作者，都在尝试着新的突破，想办法让自己的作品不落窠白，推理文学才能继续兴旺发展下去。

《最推理》征稿启示

惊艳 100%

每期的主打推理小说，代表当前推理潮流，可以融入推理的多方面元素。悬念迭出，推理绝妙，轻松好读，引人入胜。20000 字以内。

最 主 流

国内推理故事，背景不要太复杂，最好是与我们身边的所见所闻有所联系。悬念设置巧妙，逻辑合理，悬疑在前，推理在后，悬念的设置和切入要快，第一时间抓住读者眼球，结局一定要出乎意料，令人惊奇。类型不限，给读者阅读的快感。每期 3 篇，6000—12000 字。

终极解谜

谜题，每期一篇，分“谜题篇”和“解答篇”两部分，要求在谜题篇中给出解谜的所有的线索，答案合情合理。5000 字左右。

真实案例，根据真实案件撰写的分析材料、线索和推理逐步进行，带领大家进行分析，使读者有比较强的参与感。可以专家剖案的方式进行。5000 字左右。

最 show 场

推出新人新作，作品可以稚嫩，但不拘泥于一种风格，带有一定的新鲜元素，给人不一样的视角。附带作者简介。每期一篇，字数：8000 左右。

异度空间

介绍与推理有关的电影、电视、游戏、作品、人物、常识等信息，内容可以是多方面的，但一定与推理有着密切的联系，观点和评论引起读者的共鸣。

每期 3—5 篇，字数：3000 以内。

佳篇连载

优秀的长篇推理小说。

《最推理》力推原创，名家新秀携手亮相，联手打造包罗万象，令人耳目一新、心驰神往的异度空间。

稿费标准：千字 60—80 元。（依质而定）

联系地址：武汉市雄楚大街 450 号名都花园 202-3-802 室

邮　　编：430079

投稿邮箱：zuituili@126.com

网　　站：www.indooo.com

图书在版编目（CIP）数据

最推理 . 第 3 辑 / 李文 . — 西安：太白文艺出版社，2007.7（2022.1 重印）

ISBN 978-7-80680-541-1

Ⅰ. 最… Ⅱ. 李… Ⅲ. 短篇小说—作品—中国—当代 Ⅳ.I247.7

中国版本图书馆 CIP 数据核字（2007）第 117223 号

出 版 人　李丽玮
责任编辑　朱媛美　姚鸿文
总 策 划　关杭军
出版发行　陕西新华出版传媒集团
　　　　　太 白 文 艺 出 版 社
开　　本　850mm×1168mm　1/32
印　　张　5
经　　销　新华书店
印　　刷　三河市华东印刷有限公司
版　　次　2007 年 7 月第 1 版
印　　次　2022 年 1 月第 2 次印刷
定　　价　5.00 元

《最推理》
主　　编：李　文
首席编辑：赵　静
策　　划：张　原
封面绘画：赵　千
版式设计：正佳数据
投稿邮箱：zuituili@126.com
银都文化网站：www.indooo.com
网络合作伙伴：www.tuili.com **推理之门**